培育语文核心素养

◆

经典阅读文库

胡适经典作品集

胡 适 著

河北出版传媒集团

花山文艺出版社

图书在版编目(CIP)数据

胡适经典作品集 / 胡适著 . — 石家庄：花山文艺
出版社，2018.4（2021.1 重印）

ISBN 978-7-5511-3873-4

Ⅰ . ①胡… Ⅱ . ①胡… Ⅲ . ①散文集 – 中国 – 现代
Ⅳ . ① I266

中国版本图书馆 CIP 数据核字 (2018) 第 048907 号

书　　名：**胡适经典作品集**

作　　者：胡　适

策　　划：张采鑫

责任编辑：郝卫国

责任校对：齐　欣

特约编辑：李文生

全案设计：北京九洲鼎图书有限公司

出版发行：花山文艺出版社（邮政编码：050061）
　　　　　（河北省石家庄市友谊北大街 330 号）

销售热线：0311-88643221/29/31/32/26

传　　真：0311-88643225

印　　刷：三河市悦鑫印务有限公司

经　　销：新华书店

开　　本：700×1000　1/16

字　　数：110 千字

印　　张：10

版　　次：2018 年 6 月第 1 版
　　　　　2021 年 1 月第 3 次印刷

书　　号：ISBN 978-7-5511-3873-4

定　　价：29.90元

胡适之先生的了不起之处，便是他原是我国新文化运动的开山宗师，但是经过五十年之考验，他既未流于偏激，亦未落伍。始终一贯地保持了他那不偏不倚的中流砥柱的地位。开风气之先，据杏坛之首；实事求是，表率群伦，把我们古老的文明，导向现代化之路。熟读近百年中国文化史，群贤互比，我还是觉得胡老师是当代第一人！

——唐德刚《胡适杂忆》

在启蒙人物中，胡适是最稳健、最优秀、最高瞻远嘱、最具潜德幽光的哲人智者。宋朝朱熹有诗说："旧学商量加邃密，新知培养转深沉。"胡适一生，可谓身体力行，因此他死后的遗产与遗爱，最令我们珍惜。

——李敖《李敖编胡适语粹新序》

在中国近代史上，胡适是一个起过重要作用但争议又非常多的人物。

——季羡林

胡适是一位荷戟独彷徨的斗士。

——鲁　迅

这是胡适先生的墓。生于中华民国纪元前二十一年，卒于中华民国五十一年。这个为学术和文化的进步，为思想和言论的自由，为民族的尊荣，为人类的幸福而苦心焦思，敝精劳神以致身死的人，现在在这里安息了！我们相信形骸终要化灭，陵谷也会变易，但现在墓中这位哲人所给予世界的光明，将永远存在。

——胡适墓志铭

序

语文核心素养与经典阅读

中华人民共和国建国几十年来，语文教学实现了由"语文教学大纲"到"语文课程标准"再到"语文核心素养"的三级跳远。如果说"语文教学大纲"解决了森林的每棵树是什么的问题；那么，"语文课程标准"就解决了由树成林的整体观；而"语文核心素养"则解决了树如何成林，成林后有什么用处的大问题。

在"语文教学大纲"时代，解决一个一个的知识点是教学的重要任务，于是一篇篇文章被贴上无数的知识标签，在课堂上被一一肢解，学生被灌输了无数的知识点却"只见树木不见森林"。"语文课程标准"的颁布实施，让中国的语文教学前进了一大步，真正把语文教学放在"课程"里整体思考，整体设计教学思路，将知识、能力、情感、态度、价值观融为一体统筹安排，但其终极目标却语焉不详或无法操作而最终"形似而实不是"。"语文核心素养"是在全面落实"立德树人"教育目标下提出来的，旨在通过语文自有的教育功能为当代合格青少年的成长过程提供必要的养料和条件。

什么是"语文核心素养"？北京师范大学资深教授王宁认为：语文核心素养是学生在积极主动的语言实践活动中构建起来、并在真实的语言运用情境中表现出来的个体语言经验和言语品质；是学生在语文学习中获得的语言知识与语言能力、思维方法和思维品质，是基于正确的情感、态度和价值观的审美情趣和文化感受能力的综合体现。简言之，语文核心素养包含四个主题词，即语言、思维、审美和文化。

我们为什么要阅读经典，如何阅读经典，它和语文核心素养的养成有什么关系？

木心说，阅读经典无非就是让我们找到了一个制高点。我们可以站在这个制高点上，去回首我们的过去的经历，评判我们的得失；也可以更加开阔的视野瞭望世界，"极目楚天舒"。这说明"读什么"比"怎么读"更为重要。

中外经典繁多。中国古代文学是一座宝库，但需要掌握一定的知识和能力，需要有适合的导读和引领。中国当代文学由于还需要时间的沉淀、批判与选择。而中国现代文学由于离我们不太遥远，且由于其所处时代的特殊性，给我们的阅读提供了多种可能性。因此，在几年前"经典阅读与语文教育"课题被中国教育学会中学语文教学专业委员会批准立项时，课题组就锁定中国现代文学经典作为研究对象。这些经典，不仅有二十世纪二三四十年代冲破铁屋子的呐喊，落后与苦难下的坚守，民族存亡的抗争，也有中华人民共和国成立的喜悦和投身火热建设中的豪情，其家国情怀无不令人动容。通过阅读这些经典，学习作家们的语言运用技巧，积累语言并内化，提升自己的语言建构与运用能力；学习作家们批判与发现精神，促进自己的思维发展与提升；学会欣赏和评价作家们的作品，培养自己的审美鉴赏与创造能力；学习作家们对中外文化的包容、借鉴、继承，加强自己对文化的传承与理解。

最后借用我国著名作家王蒙先生的话与读者共勉：读书的亮点在于照亮生活，生活的亮点包括积累智慧与学问。生活与读书是互见、互证、互相照耀的关系。书没有生活那么丰富，但是应该更集中了光照与穿透的能力。不做懒汉，不做侏儒！用脑阅读，用心阅读！用阅读攀登精神的高峰！

目录

谈谈《诗经》

《诗经》在中国文学上的位置，谁也知道，它是世界最古的有价值的文学的一部，这是全世界公认的。

《诗经》有十三国的国风，只没有《楚风》。在表面上看来，湖北这个地方，在《诗经》里，似乎不能占一个位置。但近来一般学者的主张，《诗经》里面是有《楚风》的，不过没有把它叫作《楚风》，叫它作《周南》《召南》罢了。所以我们可以说：《周南》《召南》就是《诗经》里面的《楚风》。

我们说《周南》《召南》就是《楚风》，这有什么证据呢？这是有证据的。我们试看看《周南》《召南》，就可以找着许多提及江水、汉水、汝水的地方。像"汉之广矣""江之永矣""遵彼汝坟"这类的句子，想大家都是记得的。汉水、江水、汝水流域不是后来所谓"楚"的疆域吗？所以我们可以说《周南》《召南》大半是《诗经》里面的《楚风》了。

《诗经》既有《楚风》，我们在这里谈《诗经》，也就是欣赏"本地风光"。

我觉得用新的科学方法来研究古代的东西，确能得着很有趣味的效果。一字的古音，一字的古义，都应该拿正当的方法去研究的。在今日研究古书，方法最要紧；同样的方法可以收同样的效果。我今天讲《诗经》，也是贡献一点我个人研究古书的方法。在我未讲研究《诗经》的方法以前，先讲讲对于《诗经》的几个基本的概念。

（一）《诗经》不是一部经典。从前的人把这部《诗经》都看得非常神圣，说它是一部经典，我们现在要打破这个观念；假如这个观念不能打破，《诗经》简直可以不研究了。因为《诗经》并不是一部圣经，确实是一部古代歌谣的总集，可以做社会史的材料，可以做政治史的材料，可以做文化史的材料。万不可说它是一部神圣经典。

（二）孔子并没有删《诗》。"诗三百篇"本是一个成语。从前的人都说孔子删《诗》《书》，说孔子把《诗经》删去十分之九，只留下十分之一。照这样看起来，原有的诗应该是三千首。这个话是不对的。唐朝的孔颖达也说孔子的删《诗》是一件不可靠的事体。假如原有三千首诗，真的删去了二千七百首，那在《左传》及其他的古书里面所引的诗应该有许多是三百篇以外的，但是古书里面所引的诗不是三百篇以内的虽说有几首，却少得非常。大概前人说孔子删《诗》的话是不可相信的了。

（三）《诗经》不是一个时代辑成的。《诗经》里面的诗是慢慢地收集起来，成现在这么样的一本集子。最古的是《周颂》，次古的是《大雅》，再迟一点的是《小雅》，最迟的就是《商颂》《鲁颂》《国风》了。《大雅》《小雅》里有一部分是当时的卿大夫作的，有几首并有作者的主名；《大雅》收集在前，《小雅》收集在后。《国风》是各地散传的歌谣，由古人收集起来的。这些歌谣产生的时候大概很古，但收集的时候却很晚了。我们研究《诗经》里面的文法和内容，可以说《诗经》里面包含的时期约在六七百年的上下。所以我们应该知道，《诗经》不是哪一个人辑的，也不是哪一个人作的。

（四）《诗经》的解释。《诗经》到了汉朝，真变成了一部经典。《诗经》里面描写的那些男女恋爱的事体，在那班道学先生看起来，似乎不大雅观，于是对于这些自然的有生命的文学不得不另加种种附会的解释。所以汉朝的齐、鲁、韩三家对于《诗经》都加上许多的附会，讲得非常的神秘。明是一首男女的恋歌，他们故意说是歌颂谁，讽刺谁的。《诗经》到了这个时代，简直变成了一部神圣的经典了。这种事情，中外大概都是相同的，像那本《旧约全书》的里面，也含有许多的诗歌和男女恋爱的故事，但在欧洲中古时代也曾被教会的学者加上许多迂腐穿凿的解说，使它们不违背中古神学。后起的《毛诗》对于《诗经》的解释又把从前的都推翻了，另找了一些历史上的——《左传》里面的事情——证据，来做一种新的解释。《毛诗》研究《诗经》的见解比齐、鲁、韩三家确实是要高明一点，所以《毛诗》渐渐打倒了三家诗，成为独霸的权威。我们现在读的还是《毛诗》。到了东汉，郑康成读《诗》的见解比毛公又要高明。所以到了唐朝，大凡研究《诗经》的人都是拿《毛传》《郑笺》做底子。到了宋朝，出了郑樵和朱子，他们研究《诗经》，又打破毛公的附会，由他们自己作解释。他们这种态度，比唐朝又不同一点，另外成了一种宋代说《诗》的风气。清朝讲学的人都是崇拜汉学，反对宋学的，他们对于考据训诂是有特别的研究，但是没有什么特殊的见解。他们以为宋学是不及汉学的，因为汉在一千七八百年以前，宋只在七八百年以前。殊不知汉人的思想比宋人的确要迂腐得多呢！但在那个时候研究《诗经》的人，确实出了几个比汉、宋都要高明的，如著《诗经通论》的姚际恒，著《读风偶识》的崔述，著《诗经原始》的方玉润，他们都大胆地推翻汉、宋的腐旧的见解，研究《诗经》里面的字句和内容。照这样看起来，两千年来《诗经》的研究实是一代比一代进步的了。

《诗经》的研究，虽说是进步的，但是都不彻底，大半是推翻这部，附会那部；推翻那部，附会这部。我看对于《诗经》的研究想要彻底的改革，恐怕还在我们呢！我们应该拿起我们的新的眼光，好的方法，多的材料，去大胆地细心地研究；我相信我们研究的效果比前人又可圆满一点了。这是我们应取的态度，也是我们应尽的责任。

上面把我对于《诗经》的概念说了一个大概，现在要谈到《诗经》具体的研究了。研究《诗经》大约不外下面这两条路：

（第一）训诂：用小心的精密的科学的方法，来做一种新的训诂功夫，对于《诗经》的文字和文法上都重新下注解。

（第二）解题：大胆地推翻两千年来积下来的附会的见解；完全用社会学的，历史的，文学的眼光重新给每一首诗下个解释。

所以我们研究《诗经》，关于一句一字，都要用小心的科学的方法去研究；关于一首诗的用意，要大胆地推翻前人的附会，自己有一种新的见解。

现在让我先讲了方法，再来讲到训诂吧。

清朝的学者最注意训诂，如戴震、胡承珙、陈奂、马瑞辰等，凡他们关于《诗经》的训诂著作，我们都应该看的。戴震有两个高足弟子，一是金坛段玉裁，一是高邮王念孙及其子引之，都有很重要的著作，可为我们参考的。如段注《说文解字》，念孙所作《读书杂志》《广雅疏证》等；尤其是引之所作的《经义述闻》《经传释词》，对于《诗经》更有很深的见解，方法亦比较要算周密得多。

前人研究《诗经》都不讲文法，说来说去，终得不着一个切实而明了的解释，并且越讲越把本义搅昏昧了。清代的学者，对于文法就晓得用比较归纳的方法来研究。

如"终风且暴"，前人注是——终风，终日风也。但清代王念孙父子把"终风且暴"来比较"终温且惠""终窭且贫"，就可知"终"字应当作 "既"字解。有了这一个方法，自然我们无论碰到何种困难地方，只要把它归纳比较起来，就一目了然了。

《诗经》中常用的"言"字是很难解的。汉人解作"我"字，自是不通的。王念孙父子知道"言"字是语词，却也说不出他的文法作用来。我也曾应用这个比较归纳的方法，把《诗经》中含有"言"字的句子抄集起来，便知"言"字究竟是如何的用法了。

我们试看：

> 彤弓弨兮，受言藏之。
> 驾言出游。
> 陟彼南山，言采其蕨。

这些例里，"言"字皆用在两个动词之间。"受而藏之""驾而出游"……岂不很明白清楚？（看我的《诗三百篇言字解》，十三版《胡适文存》335—340 页。）

苏东坡有一首《日日出东门》诗，上文说"步寻东城游"，下文又说"驾言写我忧"。他错看了《诗经》"驾言出游，以写我忧"的"驾言"二字，以为"驾言"只是一种语助词。所以章子厚笑他说："前步而后驾，何其上下纷纷也！"

上面是把虚字当作代名词的。再有把地名当作动词的，如"胥"本来是一个地名。古人解为"胥，相也"，这也是错了。我且举几个例来证明。《大雅·

笃公刘》一篇有"于胥斯原"一句，《毛传》说："胥，相也。"《郑笺》说："相此原地以居民。"但我们细看此诗共分三大段，写公刘经营的三个地方，三个地方的写法是一致的：

（1）于胥斯原。

（2）于京斯依。

（3）于豳斯馆。

我们比较这三句的文法，就可以明白，"胥"是一个地方的名称。假使有今日的标点符号，只要打一个"﹏"儿就明白了。《绵》篇中说太王"爰及姜女，聿来胥宇"，也是这个地方。

还有那个"于"字在《诗经》里面，更是一个很发生问题的东西。汉人也把它解错了，他们解为"于，往也"。例如《周南·桃夭》的"之子于归"，他们误解为"之子往归"。这样一解，已经太牵强了，但还勉强解得过去；若把它和别的句子比较起来解释，如《周南·葛覃》的"黄鸟于飞"解为"黄鸟往飞"，《大雅·卷阿》的"凤凰于飞"解为"凤凰往飞"，《邶风·燕燕》的"燕燕于飞"解为"燕燕往飞"，这不是不通吗？那么，究竟要怎样解释才对呢？我可以说，"于"字等于"焉"字，作"于是"解。"焉"字用在内动词的后面，作"于是"解，这是人人可懂的。但在上古文法里，这种文法是倒装的。"归焉"成了"于归"；"飞焉"成了"于飞"。"黄鸟于飞"解为"黄鸟在那儿飞"，"凤凰于飞"解为"凤凰在那儿飞"，"燕燕于飞"解为"燕燕在那儿飞"，这样一解就可通了。

我们谁都认得"以"字。但这"以"字也有问题。如《召南·采蘩》说：

于以采蘩？于沼于沚。于以用之？公侯之事。

于以采蘩？于涧之中。于以用之？公侯之宫。

这些句法明明是上一句问，下一句答。"于以"即是"在哪儿？""以"字等于"何"字。（这个"以"字解为"哪儿？"我的朋友杨遇夫先生有详说。）

在哪儿采蘩呢？在沼在沚。又在哪儿用呢？用在公侯之事。

在哪儿采蘩呢？在涧之中。又在哪儿用呢？用在公侯之宫。

像这样解释的时候，谁也说是通顺的了。又如《邶风·击鼓》"于以求之？于林之下"，解为"在哪儿去求呢？在林之下"。所以"于以求之"的下面，只要标一个问号（？），就一目了然了。

《诗经》中的"维"字，也很费解。这个"维"字，在《诗经》里面约有两百个。从前的人都把它解错了。我觉得这个"维"字有好几种用法。最普通的一种是应作"呵，呀"的感叹词解。老子《道德经》也说"唯之与阿，相去几何？"可见"唯""维"本来与"阿"相近。如《召南·鹊巢》的：

维鹊有巢，维鸠居之。维鹊有巢，维鸠方之。

若拿"啊"字来解释这一个"维"字，那就是"啊，鹊有巢！啊，鸠去住了！"此外的例，如"维此文王"即是"啊，这文王！""维此王季"即是"啊，这王季！"你们记得人家读祭文，开首总是"维，中华民国十有四年"。"维"

字应顿一顿，解作"啊"字。

我希望大家对于《诗经》的文法细心地做一番精密的研究，要一字一句地把它归纳和比较起来，才能领略《诗经》里面真正的意义。清朝的学者费了不少的时间，终究得不着圆满的结果，也就是因为他们缺少文法上的知识和虚字的研究。

上面已把研究《诗经》训诂的方法约略谈过，现在要谈到《诗经》每首诗的用意如何，应怎样解释才对，便到第二条路所谓解题了。

这一部《诗经》已经被前人闹得乌烟瘴气，莫名其妙了。诗是人的性情的自然表现，心有所感，要怎样写就怎样写，所谓"诗言志"是。《诗经·国风》多是男女感情的描写，一般经学家多把这种普遍真挚的作品勉强拿来安到什么文王、武王的历史上去；一部活泼泼的文学因为他们这种牵强的解释，便把它的真意完全失掉，这是很可痛惜的！譬如《郑风》二十一篇，有四分之三是爱情诗，《毛诗》却认《郑风》与男女问题有关的诗只有五六篇，如《鸡鸣》《野有蔓草》等。说来倒是我的同乡朱子高明多了，他已认《郑风》多是男女相悦淫奔的诗，但他亦多荒谬。《关雎》明明是男性思恋女性不得的诗，他却在《诗集传》里说什么"文王生有圣德，又得圣女姒氏以为之配"，把这首情感真挚的诗解得僵直不成样了。

好多人说《关雎》是新婚诗，亦不对。《关雎》完全是一首求爱诗，他求之不得，便寤寐思服，辗转反侧，这是描写他的相思苦情；他用了种种勾引女子的手段，友以琴瑟，乐以钟鼓，这完全是初民时代的社会风俗，并没有什么稀奇。意大利、西班牙有几个地方，至今男子在女子的窗下弹琴唱歌，取欢于女子。至今中国的苗民还保存这种风俗。

《野有死麕》的诗，也同样是男子勾引女子的诗。初民社会的女子多欢喜男子有力能打野兽，故第一章："野有死麕，白茅包之。"写出男子打死野麕，包以献女子的情形。"有女怀春，吉士诱之。"便写出他的用意了。此种求婚献野兽的风俗，至今有许多地方的蛮族还保存着。

《嘒彼小星》一诗，好像是写妓女生活的最古记载。我们试看《老残游记》，可见黄河流域的妓女送铺盖上店陪客人的情形。再看原文：

> 嘒彼小星，三五在东。肃肃宵征，夙夜在公。实命不同。
>
> 嘒彼小星，维参与昴。肃肃宵征，抱衾与裯。实命不犹。

我们看她抱衾裯以宵征，就可知道她的职业生活了。

《芣苢》诗没有多深的意思，是一首民歌，我们读了可以想见一群女子，当着光天丽日之下，在旷野中采芣苢，一边采，一边歌。看原文：

> 采采芣苢，薄言采之。采采芣苢，薄言有之。
>
> 采采芣苢，薄言掇之。采采芣苢，薄言捋之。
>
> 采采芣苢，薄言袺之。采采芣苢，薄言襭之。

《著》诗，是一个新婚女子出来的时候叫男子暂候，看看她自己装饰好了没有，显出了一种很艳丽细腻的情景。原文：

> 俟我于著乎而？充耳以素乎而？尚之以琼华乎而？

俟我于堂乎而？充耳以黄乎而？尚之以琼英乎而？

我们试曼声读这些诗，是何等情景？唐代朱庆余上张水部有一首诗，妙有这种情致。诗云：

> 洞房昨夜停红烛，
>
> 待晓堂前拜舅姑。
>
> 妆罢低声问夫婿，
>
> "画眉深浅入时无？"

你们想想，这两篇诗的情景是不是很相像。

总而言之，你要懂得《诗经》的文字和文法，必须要用归纳比较的方法。你要懂得三百篇中每一首的题旨，必须撇开一切《毛传》《郑笺》《朱注》等，自己去细细涵咏原文。但你必须多备一些参考比较的材料：你必须多研究民俗学、社会学、文学、史学。你的比较材料越多，你就会觉得《诗经》越有趣味了。

吴 敬 梓 传

我们安徽的第一个大文豪，不是方苞，不是刘大櫆，也不是姚鼐，是全椒县的吴敬梓。

吴敬梓，字敏轩，一字文木。他生于清康熙四十年，死于乾隆十九年（1701—1754）。他生在一个很阔的世家，家产很富；但是他瞧不起金钱，不久就成了一个贫士。后来他贫得不堪，甚至于几日不能得一饱。那时清廷开博学鸿词科，安徽巡抚赵国麟荐他应试，他不肯去。从此，"乡试也不应，科岁也不考，逍遥自在，做些自己的事"。后来死在扬州，年纪只有五十四岁。

他生平的著作有《文木山房诗集》七卷，文五卷（据金和《〈儒林外史〉跋》）；《诗说》七卷（同）；又《儒林外史》小说一部（程晋芳《吴敬梓传》作五十卷，金《跋》作五十五卷，天目山樵评本五十六卷，齐省堂本六十卷）。据金和《跋》，他的诗文集和《诗说》都不曾付刻。只有《儒林外史》流传世间，为近世中国文学的一部杰作。

他的七卷诗，都失传了。王又曾（毂原）《丁辛老屋集》里曾引他两句诗："如何父师训，专储制举材。"这两句诗的口气，见解，都和他的《儒林外史》是一致的。程晋芳《拜书亭稿》也引他两句："遥思二月秦淮柳，蘸露拖烟委曲尘。"——可以想见他的诗文集里定有许多很好的文字。只可惜那些著作都不传了，我们只能用《儒林外史》来作他的传的材料。

《儒林外史》这部书所以能不朽，全在他的见识高超，技术高明。这书的"楔子"一回，借王冕的口气，批评明朝科举用八股文的制度道："将来读书人既有此一条荣身之路，把那文行出处都看得轻了。"这是全书的宗旨。

书里的马二先生说：

> 举业二字是从古及今，人人必要做的。就如孔子生在春秋时候，那时用言扬行举做官；故孔子只讲得个"言寡尤，行寡悔，禄在其中"。这便是孔子的举业。……到唐朝用诗赋取士，他们若讲孔孟的话，就没有官做了。……到本朝用文章取士，就是夫子在而今也要念文章，做举业，断不讲那"言寡尤，行寡悔"的话。何也？就日日讲'言寡尤，行寡悔'，哪个给你官做？孔子的道，也就不行了。

这一段话句句是恭维举业，其实句句是痛骂举业。末卷表文所说："夫萃天下之人才而限制于资格，则得之者少，失之者多。"正是这个道理。国家天天挂着孔孟的招牌，其实不许人"说孔孟的话"，也不要人实行孔孟的教训，只要人念八股文，做试帖诗；其余的"文行出处"都可以不讲究，讲究了又"哪个给你官做"？不给你官做，便是专制君主困死人才的唯一妙法。要想抵制这种恶毒的牢笼，只有一个法子：就是提倡一种新社会心理，叫人知道举业的丑态，知道官的丑态；叫人觉得"人"比"官"格外可贵，学问比八股文格外可贵，人格比富贵格外可贵。社会上养成了这种心理，就不怕皇帝"不给你官做"的毒手段了。

一部《儒林外史》的用意只是要想养成这种社会心理。看他写周进范进那样热衷的可怜，看他写严贡生、严监生那样贪吝的可鄙，看他写马纯上那样酸，匡超人那样辣。又看他反过来写一个做戏子的鲍文卿那样可敬，一个武夫萧云仙那样可爱。再看他写杜少卿、庄绍光、虞博士诸人的学问人格那样高出八股功名之外。——这种见识，在两百年前，真是可惊可敬的了！

程晋芳做的《吴敬梓传》里说他生平最恨做时文的人；时文做得越好的人，他痛恨他们也越厉害。《儒林外史》痛骂八股文人，有几处是容易看得出的，不用我来指出。我单举两处平常人不大注意的地方：

第三回写范进的文章，周学台看了三遍之后才晓得是"天地间之至文，真乃一字一珠！"

第四回写范进死了母亲，去寻汤知县打秋风，汤知县请他吃饭，用的是银镶杯箸，范举人因为居丧不肯举杯箸；汤知县换了磁杯象牙箸来，他还不肯用。"汤知县疑惑他居丧如此尽礼，倘或不用荤酒，却是不曾备办；后来看见他在燕窝碗里拣了一个大虾元送在嘴里，方才放心！"

这种绝妙的文学技术，绝高的道德见解，岂是姚鼐、方苞一流人能梦见的吗？

最妙的是写汤知县、范进、张静斋三人的谈话：

张静斋道："想起洪武年间刘老先生——"

汤知县道："哪个刘老先生？"

静斋道："讳基的了。他是洪武三年开科的进士，'天下有道'三句中的第五名。"

范进插口道："想是第三名?"

静斋道："是第五名!那墨卷是弟读过的。后来入了翰林,洪武私行到他家,恰好江南张王送了他一坛小菜,当面打开看,都是些瓜子金,洪武圣上恼了,把刘老先生贬为青田县知县,又用毒药摆死了。"汤知县见他说的"口若悬河",又是本朝确切的典故,不由得不信!

这一段话写两个举人和一个进士的"博雅",写时文大家的学问,真可令人绝倒。这又岂是方苞、姚鼐一流人能梦见的吗?

这一篇短传里,我不能细评《儒林外史》全书了。这一部大书,用一个做裁缝的荆元做结束。这个裁缝每日做工有余下的工夫,就弹琴写字,也极欢喜作诗。朋友问他道:"你既要做雅人,为什么还要做你这贱行?何不同学校里人相与相与?"他道:"我也不是要做雅人。只为性情相近,故此时常学学。至于我们这个贱行,是祖父遗留下来的,难道读书识字做了裁缝就玷污了不成?况且那些学校里的朋友,他们另有一番见识,怎肯和我相与?我而今每日寻得六七分银子,吃饱了饭,要弹琴,要写字,诸事都由得我。我又不贪图人的富贵,又不伺候人的颜色;天不收,地不管,倒不快活!"

这是真自由,真平等——这是我们安徽的一个大文豪吴敬梓想要造成的社会心理。

说 "史"

《论语》十五，有这一段话：

> 子曰：吾犹及史之阙文也，有马者借人乘之。今亡矣夫！

《何晏集解》引包氏曰：

> 古之史于书字有疑，则阙之，以待知者。有马不能调良，则借人使习之。孔子自谓及见其人如此，至今无有矣。言此者，以俗多穿凿也（此据日本古卷子本）。邢昺正义本"古之史"作"古之良史"，又"借人使习之"作"借人乘习之"。邢疏说："史是掌书之官也。文，字也。古之良史于书字有疑，则阙之，以待能者，不敢穿凿。孔子言我尚及见此古史阙疑之文。有马者借人乘之者，此举喻也。喻己有马不能调良，当借人乘习之也……"

又《论语》六，有这一段话：

> 子曰：质胜文则野，文胜质则史。文质彬彬，然后君子。

《集解》引包氏曰：

> 野如野人，言鄙略也。史者，文多而质少也。彬彬，文质相半之貌。（邢昺《疏》："……'文胜质则史'者，言文多，胜于质，则如史官也……"）

文与质的讨论又见于《论语》十二：

> 棘子成曰："君子质而已矣，何以文为？"子贡曰："惜乎，夫子之说君子也，驷不及舌。文犹质也？质犹文也？虎豹之鞟犹犬羊之鞟也？"（适按，末三"也"字作"耶"字读，就不用解说了。皇侃本，高丽本，日本古卷子本，都有最末"也"字。）

《集解》引孔安国说：

> 皮去毛曰鞟。虎豹与犬羊别者，正以毛文异耳。今使文质同者，何以别虎豹与犬羊耶？

以上三条，可以互相发明。我以为"史之阙文"一句的"文"字，也应该作"文采""文饰"解。"吾犹及史之阙文也"，是说，"我还看见过那没有文藻涂饰的史文。现在大概没有了吧？"这就是说，"现在流行的'史'，都是那华文多过于实事的故事小说了。"

　　当孔子的时代，东起齐鲁，西至晋秦，南至荆楚，中间包括宋郑诸国，民间都流行许多新起的历史故事，都叫作"史"，其实是讲史的平话小说。最好的例子是晋国献公的几个儿子的大故事——特别是太子申生的故事，公子重耳出亡十九年（僖公五年至二十四年）才归国重兴国家的故事。这个大故事在《国语》里占四大卷（《晋语》一至四），约有一万八千字；在《左传》里也有五六千字（旧说《左传》出于《国语》，是不确的。试比较《国语》《左传》两书里的晋献公诸子的大故事，可知两个故事都从同一个来源出来，那个来源就是民间流行的史话，而选择稍有不同，《国语》详于重耳复国以前的故事，《左传》详于重耳复国以后的故事）。这个大故事，从晋献公"卜伐骊戎"起，到晋文公死了，还不曾完，文公的棺材还"有声如牛"，卜人预言明年的殽之战的大捷。这故事里，有美人，有妖梦，有大战，有孝子，有忠臣，有落难十九年的公子，有痛快满意的报恩报仇；凡是讲史平话最动人的条件，无一不有；凡是讲史平话的技术，如人物的描写，对话的有声有色，情节的细腻，也无一不有。这种"史话"就是孔子说的"文胜质则史"。

　　又如鲁国当时就流行着许多史的故事，如季氏一族的大故事，从季友将生时卜楚丘之父的卜辞起，到鲁昭公失国出奔——从前八世纪的末年直到前六世纪的晚年，一个两百年的大故事。试读"昭公出奔"的一"回"（昭公二十五年），从季公鸟的寡妇如何挑拨起季氏的内讧说起，次说到季平子与郈昭伯两家斗鸡引起仇恨，次说到平子如何得罪了臧孙氏一族，次说到这些不满意的分子如何耸动昭公决心要消灭季氏的政权，次说到阴谋的实行，公徒攻入季氏门，季氏的危机，次说到叔孙氏的家徒如何用武力去救援季孙氏，次说到孟孙氏如何犹豫，如何转变过来援助季氏，合力打败公徒，最后才说到昭公的去国出奔。这是很有小说意味的"史话"。

此外，郑国有郑庄公的故事，有子产的故事，卫国有卫宣姜的故事，有卫懿公亡国的故事，鲁国有"圣人"臧文仲的故事，晋国有叔向的故事，还有那赵氏从赵盾到赵武的大故事。在《左传》结集的时候，那个赵氏史话里还没有程婴、公孙杵臼的成分，然而已很够热闹了。后来《史记·赵世家》里采取了那后起的程婴、公孙杵臼大故事，于是那个后起的史话也就成了正"史"的一部分了。

我们必须明白在孔子时代各国都有那些很流行，很动人的"文胜质"的"史话"，方才可以明白孔子说的"吾犹及史之阙文也……今亡矣夫"一句话。"阙文"的史，就是那干燥无味的太史记录，例如"夏五月，郑伯克段于鄢"一类的史文，绝没有文采的藻饰，也没有添枝添叶的细腻情节。

《仪礼》八，《聘礼》有这一段：

> 辞无常，孙而说。辞多则史，少则不达。辞苟足以达，义之至也。（郑玄注，"史谓策祝"。）

这里的"辞多则史"，与论语"文胜质则史"，都是指古代民间流行的"史的平话"，是演义式的"史"。

这种"史的故事"，或"史的平话"，起源很古，古到一切民族的原始时代。商民族的史诗：

> 天命玄鸟，降而生商。

那是商民族的史的故事。周民族的史诗，说得更有声有色了：

厥初生民，时维姜嫄。

生民如何？

克禋克祀，以弗无子，

履帝武敏歆，攸介攸止。

载震载夙，载生载育——

时维后稷。

诞（诞有"当时"之意）弥厥月，

先生如达。（达是小羊）

不坼不副，无菑无害。

诞置之隘巷，牛羊腓字之。

诞置之平林，会伐平林。

诞置之寒冰，鸟履翼之。

鸟乃去矣，后稷呱矣。

这是人类老祖宗爱讲爱听的"故事"，也就是"史"。这首生民诗里
已有很多的藻饰，已是"文胜质"的"史"了。

古代的传说里常提到"瞽、史"两种职业人。《国语》的《周语》里，

召公有"瞽献典、史献书"的话，又说："瞽史教诲，耆艾修之，而后王斟酌焉。"《周语》里，单襄公说："吾非瞽史，焉知天道？"很可能的是古代说故事的"史"，编唱"史诗"的"史"，也同后世说平话讲史的"负瞽盲翁"一样，往往是瞎子。他们当然不会做历史考据，止靠口授耳传，止靠记性与想象力，会编唱，会演说，他们编演的故事就是"史"，他们的职业也叫作"史"。

春秋时代以至战国时代各国的许多大规模的"史"的故事，就是这样编造出来的，就是这些"瞽史"编唱出来的。其中至少有一部分，经过《国语》《左传》《战国策》《史记》诸书的收采，居然成了历史了（我们不要忘了古代还有"左邱失明，厥有《国语》"的传说）。中间虽然出了几个有批评眼光，有怀疑态度的大思想家，如孔子要人"多闻阙疑，慎言其余"，如孟子说"尽信书则不如无书，吾于武成取二三策而已矣"——然而孔子自己说的尧舜，说的泰伯，也还不是传说里的故事吗？孟子自己大谈其舜的故事，象的故事，禹的故事，也还不是同"齐东野人之语"一样的"史"吗？

总之，古代流传的"史"，都是讲故事的瞽史编演出来的故事。东方西方都是这样。希腊文"historia"，拉丁文"historia"，也是故事，也是历史。古法文的"estoire"，英文的"story"与"history"，都是出于一个来源的。

中国历史的一个看法

　　历史可有种种的看法，有唯心的，唯物的，唯人的，唯英雄的……各种看法，我现在对于中国历史的看法，是从文学方法的，文学的名词方面的，是要把它当作英雄传，英雄诗，英雄歌，一幕英雄剧，而且是一幕英雄悲剧来看。

　　民族主义是爱国的思想，英国有名的先哲曾说过"一个国家要觉得它可爱时，是要看这个国家在历史上是否有可爱之点"，中国立国五千年，时时有西北的蛮族——匈奴、鲜卑……不断的侵入，可说是无时能够自主的，鸦片战争又经过百年，而更有最近空前的危急，在此不断的不光荣的失败历史中，有无光荣之点，它的失败是否可以原谅，在此失败当中，是否可得一教训。

　　这一出五千年的英雄悲剧，我们看见我们的老祖宗继续和环境奋斗，经过了种种失败与成功，在此连台戏中，有时叫我们高兴，有时叫我们着急，有时叫我们伤心叹气，有时叫我们掉泪悲泣，有时又叫我们看见一线光明，一线希望，一点安慰，有时又失败了，有时又小成功了，有时竟大失败了，这戏中的主人翁，是一位老英雄——中华——他的一生是长期的奋斗，吃尽了种种辛苦，经了种种磨难，好像姜子牙的三十六路伐西岐，刚刚平了一路，又来了一路，又好像唐三藏西天取经，经过了八十一大难，刚脱离了一难，又遭一难似的，这样继续不断奋斗，所以是一篇英雄剧，磨难太多，失败太惨，所以是一篇悲剧。

本来在中国的文字中——戏剧中、小说中，悲剧作品很少，即如《红楼梦》一书，原是一个悲剧，而好事者偏要作些圆梦、续梦、复梦等出来，硬要将林黛玉从棺材里拿起来和贾宝玉团圆，而认为以前的不满意，这真不知何故，或者他们觉得人类生活本来是悲剧的，历史是悲剧的，因此却在理想的文学中，故意来作一段团圆的喜剧。

在这老英雄悲剧中，我们把他分作几个剧目，先说到剧中的主人，主人是姓中名华——老中华，已如上述，舞台是"中国"，是一座破碎的舞台——穷中国，老天给我们祖宗的，实在不是地大物博，而是一块很穷的地方，金银矿是没有的，除东北黑龙江和西南的云贵一部分外，都是要用丝茶到外国去换的，煤铁古代是不需要的，土地虽称广阔，然可耕之地不过百分之二十，而丝毫无用的地却有三分之一，所以我们的祖宗生下来，就是在困难中。

这剧的开始，要算商周，以前的不讲，据安阳发掘出来的成绩，商代民族活动区域，只有河南、山东、安徽的北部，河北、山西南部的一块，也许到辽宁一部，他们在此建设文化时，北狄、南蛮不断的混入，民族成了复杂的民族，在此环境之下，他们居然能唱一出大剧，这是一件很了不得的事情。我们现在撇开了"跳加官"一类开台戏，专看后面的几幕大戏。

第一幕　老英雄建立大帝国

中国有历史的时期自商周始，地域限于鲁豫，已如上述，在商代社会中迷信很发达，什么事情都问鬼，都要卜，如打猎、战争、祭祀、出门……

事无大小，都要把龟甲或牛骨烧灰，看他的龟纹以定吉凶，在此结果，而发明了龟甲、牛骨原始象形的文字，这文字是很笨的图画，全不能表达抽象的意思，只能勉强记几个物事名词而已，在这正在建设文化的时候，西方的蛮族——周，侵犯过来了，他具强悍的天性，有农业的发明，不久把那很爱喝酒的、敬鬼的、文化较高的殷民族征服了，这一来，上面的——政治方面是属于周民族，下面的就是属于殷民族，二民族不断地奋斗：在上面的周民族很难征服下面的殷民族，孔子虽是殷人（宋国），至此很想建设一个现代文化，故曰"吾从周"，而周时，也有人见到两文化接触，致有民族之冲突，所以东方（淮水流域）派了周公去治理，南方（汉水流域）派了召公去治理，封建的基础，即于此时建设，但是北狄、南蛮在此政治之下经了长期的斗争，才将他们无数的小国家征服，把他们的文化同化，以后才成七个大国家，不久遂成一个大帝国。

至于文字方面，也是从龟甲上的，牛骨上的，不达意的文字，经过充分的奋斗，而变为后代的文字，文学方面、哲学方面、历史方面，都得着可以达意的记载，这是一件很不容易的事情。

在周朝的时候，许多南蛮要想侵到北方来，北边的犬戎也要侵到南部去，酝酿几百年，犬戎居然占据了周地，再经几百年，南方也成了舞台的部分。

此时的建设期中，产生了一个"儒"的阶级，儒本是亡国的俘虏——遗老。他本是贵族阶级，是文化的保存者，亡国以后，他只得和人家打打官司，写写字，看看地，记记账，靠这类小本领混碗饭吃而已（根据《荀子》的《非十二子》篇），这班人——"儒"一出来，世界为之大变。因为他们是不抵抗者、是懦夫。我们从字义看，凡是和儒字同旁的字眼，都是弱的意思，如需（耎）字加车旁是软弱的輭（软）字，加心旁是懦字，加子旁是孺字，是小孩子。他们是唱文戏的，但是力量很大，因为他们是文化传播者，是思想界。老子后世称他为道家，但他正是"儒"的阶级中之代表，他的哲学是儒的哲学，他的书中常把水打譬喻，因为水是最柔弱的，最不抵抗的，这就是儒的本身。他们一出，凡是唱武戏的，至此跟着唱起文戏来了，幸而在此当中，出来一个新派，这就是孔子，他的确不能谓之儒者，就是儒者也是"外江"派，他的主张是"杀身成仁"。他说："志士仁人，有杀身以成仁，无求生以害仁。"又说："士不可以不弘毅，任重而道远，仁以为己任，死而后已。"这完全和老子相反。老子是信天的，主自然的，而新派孔子，是讲要作人的，且要智仁勇三者都发达，他是奋斗的，"知其不可而为之"，这就是他的精神。新派唱的虽也是文戏，但他们以"有教无类"打破一切阶级，所以后来产生孟子、荀子、弟子李斯、韩非。韩非虽然在政治上失败，而李斯却成了大功，造成了一个大帝国。（第一幕完）

第二幕　老英雄受困两魔王

不久汉朝兴起来了，一班杀猪的，屠狗的，当衙役的……起来建设了一个四百年的帝国，他们可说得上是有为者，如果没有他们的奋斗，则绝不会有这四百年的帝国，但是基础究未稳固，而两个魔王就告来临！

第一个魔王——野蛮民族侵入。在汉朝崩溃的时候，夷狄——羌、匈奴、鲜卑都起来，将中国北部完全占领（300—600 年），造成江左偏安之局。

第二个魔王——印度文化输入。前一个魔王来临，使我们的生活野蛮化，后一个魔王来临，就是使我们宗教非人化。这印度文化侵略过来，在北面是自中央亚细亚而进，在南方是由海道而入，两路夹攻，整个的将中国文化征服。

原来中国儒家的学说是要宗亲——"孝"，要不亏其体，因为"身体发肤，受之父母，不敢毁伤"，将个人看得很重，而印度文化一来呢？他是"一切皆空"，根本不要做人，要做和尚，做罗汉——要"跳出三界"，将身体作牺牲！如烧手、烧臂、烧全身——人蜡烛，以献贡于药王师，这风气当时轰动了全国，自王公以至于庶人，同时迎佛骨——假造的骨头，也照样的轰动，这简直是将中国的文化完全野蛮化！非人化！（第二幕完）

第三幕　　老英雄死里逃生

这三百年中——隋唐时代是很艰难的奋斗，先把北方的野蛮民族来同化他，恢复了人的生活，在思想方面，将从前的智识，解放出来，在文学方面，充满了人间的乐趣，人的可爱，肉的可爱，极主张享乐主义，这于杜甫和白居易的诗中都可以看得出，故这次的文化可说是人的文化。再在宗教方面，发生了革命，出来了一个"禅"！禅就是站在佛的立场上以打倒佛的，主张无法无佛，"佛法在我"，而打倒一切的宗教障、仪式障、文字障，这都成功了。所以建设第二次帝国，建设人的文化和宗教革命，是老英雄死里逃生中三件大事实。（第三幕完）

第四幕　　老英雄裹创奋斗

老英雄正在建设第三次文化的时候，北方的契丹、女真、金、元继续的侵过来了，这时老英雄已经是受了伤——精神上受了伤（可说是中了精神上的鸦片毒，因为印度有两种鸦片输到中国，一是精神上的鸦片烟——佛，一是真鸦片），受了千年的佛化，所以此时是裹创奋斗，然而竟也建立第三次大帝国——宋帝国，全国虽是已告统一，但身体究未复原，而仍然继续人的文化，推翻非人的文化（这段历史自汉至明，中国和欧洲人相同，宗教革命也是一样），范文正公的"先天下之忧而忧，后天下之乐而乐"，和王荆公的变法，正与前"任重而道远"的学说相符合。

在唐代以前，北魏曾经辟过佛，反对过外国的文化，禁止胡服胡语即其例，但未见成功。而在唐代辟佛的，如韩愈，他曾说过"人其人，火其书，庐其居"，三个大标语，这风气虽也行过几十年，但不久又恢复原状，然在这一次，却用了一种软工夫来抵制这非人的文化，本来是要以"人的政治""人的法律""人的财政"来抗住它的，但还怕药性过猛，病人受纳不起，所以司马光、二程等，主张无为，创设"新的哲学""新的人生观"，在破书堆中找到一本一千七百几十个字的《大学》来打倒十二部大佛经，将此书中的"格物""致知""正心""诚意""修身""齐家""治国""平天下"这一套，来创造新的人的教育，新的哲学，新的人生观，这实在是老英雄裹创奋斗中的一个壮举。但到了蒙古一兴起，老英雄已精疲力竭，实在不能抵抗了！（第四幕完）

第五幕　　老英雄病中困斗

这位老英雄到明朝已经是由受创而得病了，他的病状呢？一是缠足，我们晓得在唐朝被称的小脚是六寸，到这时是三寸了，实在是可惊人！二是八股文章，三是鸦片由印度输入。这三种东西，使老英雄内外都得病症。

再有一宗，就是从前王荆公的秘诀已被人摒弃了，本来他的秘诀一是"有为"，一是"向外"，但一班的习静者，他们要将喜怒哀乐等，于静坐中思之，结果是无为，是无生气，而不能不使这老英雄在病中困斗。

清代的天下居然有两百余年，这实是程朱学说——君臣观念所致，因为此时的民族观念抵不住君臣的名分观念。不过老英雄在此当中，而仍有其成绩在，就是东北和西南的开辟，推广他的老文化。湖南在几十年前，在政治上占有极大势力，广东、广西于此时有学术上的大贡献，这都是老英雄在病中的功绩，他虽然在政治上失地位，然而在学术上却发生一种"实事求是"的精神——科学的精神，而成就了一种所谓的"汉学"。这种新的学术，是不主静而主动的，它的哲学是排除思想而求考据，考据一学发生，金石、历史、音韵，各方面都发达。顾亭林以一百六十二个证据，来证明"服"字读"逼"字音，这实在具有科学之精神，不过在建设这"人的学术"当中，老英雄已经是老了，病了！

尾声

这老英雄的悲剧，一直到现在，仍是在奋斗中，他是从奋斗中滚爬出来，建设了人的文化，同化了许多蛮族，平了许多外患，同化了非人的文化，从一千余年奋斗到如今，实在是不易呀！这种的失败，可说是光荣的失败！在欧洲曾经和我们一样，欧洲过去的光荣，我们都具备着，但是欧洲毕竟是成功，这种原因，我认为我们是比他少了两样东西，就是少了一个大的和附带一个小的，大的是科学，小的是工业。我们素来是缺乏科学，文治教育看得太重，我们现在把孔子和其同时的亚里士多德、柏拉图来比一比，柏拉图是懂得数学的，"不懂数学的不要到他门下来"，亚里士多德同时是研究植物的，孔子较之，却未必然吧？与孟子同时的欧几里得，他的几何至今沿用，孟子未尝能如此吧？在清代讲汉学的时候，虽说是有科学的精神，却非伽利略用望远镜看天文，用显微镜看微菌，以及牛顿发明地心吸力可比。所以中西的不同，不自今日始，我们既明白了这个教训，比欧洲所缺乏的是什么？我们知道了，我们的努力就有了目标，我们这老英雄是奋斗的，希望我们以后给他一种奋斗的工具，那么，或者这出悲壮的英雄悲剧，能够成为一纯粹的英雄剧。

1932 年 12 月 1 日胡适在武汉大学的演讲

知难，行亦不易

—— 孙中山先生的"行易知难说"述评

一、行易知难说的动机

《孙文学说》的《自序》是民国七年（1918 年）十二月三十日在上海作的。次年（1919 年）五月初，我到上海来接杜威先生，有一天，我同蒋梦麟先生去看中山先生，他说他新近做了一部书，快出版了。他那一天谈的话便是概括地叙述他的"行易知难"的哲学。后来杜威先生去看中山先生，中山谈的也是这番道理。大概此书作于七年下半，成于八年春间。到六七月间，始印成出版。

这个时代是值得注意的。中山先生于七年五月间非常国会辞去大元帅之职；那时旧式军阀把持军政府，中山虽做了七总裁之一，实际上没有做事的机会，后来只好连总裁也不做了，搬到上海来住。这时候，世界大战刚才停战，巴黎和会还未开，全世界都感觉一种猛烈的兴奋，都希望有一个改造的新世界。中山先生在这个时期，眼见安福部横行于北方。桂系军阀把持于南方，他却专心计划，想替中国定下一个根本建设的大方略。这个时期正是他邀了一班专家，着手做"建国方略"的时候。他的"实业计划"的一部分，此时正在草创的时期，其英文的略稿成于八年的一月。

他在发表这个大规模的《建国方略》之前，先著作这一部导言，先发表他的"学说"，先提出这个"行易知难"的哲学。

为什么呢？他自己很悲愤地说：

> 文奔走国事三十余年，毕生学力尽萃于斯；精诚无间，百折不回；满清之威力所不能屈，穷途之困苦所不能扰。吾志所向，一往无前，愈挫愈奋，再接再厉。用能鼓动风潮，造成时势。卒赖全国人心之倾向，仁人志士之赞襄，乃得推覆专制，创建共和。本可从此继进，实行革命党所抱持之三民主义、五权宪法，与夫革命方略所规定之种种建设宏模，则必能乘时一跃而登中国于富强之域，跻斯民于安乐之天也。不图革命初成，党人即起异议，谓予所主张者理想太高，不适中国之用。众口铄金，一时风靡。同志之士，亦悉惑焉。是以予为民国总统时之主张，反不若为革命领袖时之有效而见之施行矣。此革命之建设所以无成，而破坏之后国事更因之以日非也。
>
> 夫去一满洲之专制，转生出无数强盗之专制，其为毒之烈，较前尤甚，于是民愈不聊生矣。溯夫吾党革命之初心，本以救国救种为志，欲出斯民于水火之中，而登之衽席之上也。今乃反令之陷水益深，蹈火益热，与革命初衷大相违背者，此固予之德薄无以化格同侪，予之能鲜不足驾驭群众，有以致之也。然而吾党之士于革命宗旨革命方略亦难免有信仰不笃奉行不力之咎也。而其所以然者，非尽关乎功成利达而移心，实多以思想错误而懈志也。
>
> 此思想之错误为何？即"知之非艰，行之维难"之说也。此

说始于传说对武丁之言，由是数千年来，深中于中国之人心，已成牢不可破矣。故予之建设计划一一皆为此说所打消也。呜呼！此说者，予生平之最大敌也。其威力当万倍于满清。夫满清之威力不过只能杀吾人之身耳，而不能夺吾人之志也。乃此敌之威力则不唯能夺吾人之志，且足以迷亿兆人之心也。是故当满清之世，予之主张革命也，犹能日起有功，进行不已。唯自民国成立之日，则予之主张建设，反致半筹莫展，一败涂地。吾三十年来精诚无间之心，几为之冰消瓦解，百折不回之志几为之槁木死灰者，此也！可畏哉此敌！可恨哉此敌！

兵法有云，"攻心为上"……满清之颠覆者，此心成之也。民国之建设者，此心败之也。夫革命党之心理，于成功之始，则被"知之非艰，行之维难"之说所奴，而视吾策为空言，遂放弃建设之责任……七年以来，犹未睹建设事业之进行，而国事则日行纠纷，人民则日增痛苦。午夜思维，不胜痛心疾首。夫民国之建设事业，实不容一刻视为缓图者也。国民！国民！究成何心？不能乎？不行乎？不知乎？吾知其非不能也，不行也。亦非不行也，不知也。倘能知之，则建设事业亦不过如反掌折枝耳。

回顾当年，予所耳提面命而传授于革命党员，而被河汉为理想空言者，至今观之，适为世界潮流之需要，而亦当为民国建设之资材也。乃拟笔之于书，名曰《建国方略》，以为国民所取法焉。然尚有踌躇审顾者，则恐今日国人社会心理犹是七年前之党人社会心理也，依然有此"知之非艰，行之维难"之大敌横梗于其中，

则其以吾之计划为理想空言而见拒也,亦若是而已矣。故先作学说,
以破此心理之大敌,而出国人之思想于迷津。庶几吾之《建国方略》
或不致再被国人视为理想空谈也。(《自序》)

这篇《自序》真是悲慨沉痛的文章。中山先生以三十年的学问,三十
年的观察,作成种种建设的计划,提出来想实行,万不料他的同志党人,
就首先反对。客气的人说他是"理想家",不客气的人嘲笑他是"孙大炮"!
中山先生忠厚对人,很忠厚地指出他们所以反对他,"非尽观乎功成利达
而移心,实多以思想错误而懈志。"此思想的错误,中山认为只是"知易
行难"的一个见解。这个错误的见解,在几千年中,深入人心,成了一种
迷信,他的势力比满清还可怕,比袁世凯还可怕。满清亡了,袁世凯倒了,
而此"知易行难"的谬说至今存在,使中山的大计划"半筹莫展,一败涂地"。
所以中山先生要首先打倒这个"心理之大敌"。这是他的"学说"的动机。

要打倒这个大敌,所以他提出一种"心理建设"。他老实不客气地喊道:

夫国者,人之积也。人者,心之器也。而国事者,一人群心
理之现象也。是故政治之隆污,系乎人心之振靡。吾心信其可行,
则移山填海之难,终有成功之日。吾心信其不可行,则反掌折枝
之易,亦无收效之期也。心之为用大矣哉。夫心也者,万事之本
源也。满清之颠覆者,此心成之也。民国之建设者,此心败之也。
(《自序》参看 77 页论宣誓一段。)

迷信"唯物史观"的人，听了这几句话，也许要皱眉摇头。但这正是中山先生的中心思想。若不懂得这个中心思想，便不能明白他的"有志竟成"的人生哲学。

二、行易知难的十证

中山先生的"学说"只是"行易知难"四个字。他举了十项证据来证明他的学说：

（1）饮食。

（2）用钱。

（3）作文。

（4）建筑。

（5）造船。

（6）长城与欧洲的战壕。

（7）运河。

（8）电学。

（9）化学制造品：豆腐，瓷器。

（10）进化。

这十项证据，原书说得很详细，不用我来详细说明了。

这十项之中，有几项是证明"不知亦能行"的，如饮食，婴孩一堕地便能做，鸡雏一离蛋壳便能做，但近世的科学专家到今日尚不能知道饮食的种种奥妙。但大部分的证据都是证明知识之难能而可贵的，如造船：

施工建造并不为难。所难者绘图设计耳。倘计划既定，按图施工，则成效可指日而待矣。

如无线电报：

当研究之时代。费百年之工夫，竭无数学者之才智，各贡一知，而后得完全此无线电之知识。及其知识真确，学理充满，乃本之以制器，则无所难矣……其最难能可贵者则为研究无线电知识之人。学识之难关一过，则其他之进行有如反掌矣。

这些证据都是要使我们明白知识是很难能的事，是少数天才人的事。少数有高深知识的人积多年的研究，定下计划，打下图样，便可以交给多数工匠去实行。工匠只需敬谨依照图样做去，自然容易成功。"此知行分任而造成一屋者也。"中山先生的意思一面教人知道"行易"，一面更要人知道"知难"。

三、"行易知难"的真意义

中山先生自己说：

予之所以不惮其烦，连篇累牍，以求发明行易知难之理者，盖以此为救中国必由之道也。（55页）

他指出中国的大病是暮气太深，畏难太甚。

　　中国近代之积弱不振奄奄待毙者，实为知之非艰行之维艰一说误之也。此说深中于学者之心理，由学者而传于群众，则以难为易，以易为难，遂使暮气畏难之中国，畏其所不当畏，而不畏其所当畏。由是易者则避而远之，而难者又趋而近之。始则欲求知而后行，及其知之不可得也，则唯有望洋兴叹而放去一切而已。间有不屈不挠之士，费尽生平之力以求得一知者，而又以行之为尤难，则虽知之而仍不敢行之。如是不知固不欲行，而知之又不敢行，则天下事无可为者矣。此中国积弱衰败之原因也。夫畏难本无害也，正以为畏难之心，乃适足导人于节劳省事，以取效呈功。此为经济之原理，亦人生之利便也。唯有难易倒置，使欲趋避者无所适从，斯为害矣。（55页）

　　他要人明白"不知亦能行之，知之则必能行之，知之则更易行之"。他考察人类进化的历史，看出三个时期：

　　第一，由草昧进文明，为不知而行之时期。

　　第二，由文明再进文明，为行而后知之时期。

　　第三，自科学发明后，为知而后行之时期。

　　凡物类与人类，为需要所逼迫，都会创造发明。鸟能筑巢，又能高飞。这都是不知而能行的明证。我们的老祖宗制造豆腐，制造瓷器，建筑长城，开辟运河，都是不知而行的明证。西洋人行的越多，知的也越多；知多了，行的也更多。他们越行越知，越知越行。我们却受了暮气的毒，事事畏难，越不行，越不知，便越不行。

救济之法，只有一条路，就是力行。但力行却也有一个先决的条件，就是要服从领袖，要服从先知先觉者的指导。中山先生说人群进化可分三时期，人的性质也可分做三系：

其一，先知先觉者，为创造发明。

其二，后知后觉者，为仿效进行。

其三，不知不觉者，为竭力乐成。

第一系为发明家，第二系为鼓吹家，第三系为实行家，其中最有关系的是那第二系的后知后觉者。他们知识不够，偏要妄想做先知先觉者；他们不配做领袖，偏要自居于领袖；他们不肯服从发明家的理想计划，偏爱作消极的批评。他们对于先知先觉者的计划，不是说他们思想不彻底，便是说他们理想太高，不切实用。所以中山先生说：

行之之道为何？即全在后觉者之不自惑以惑人而已。

力行之道不是轻理想而重实行，却正是十分看重理想知识。"行易知难"的真意义只是要我们知道行是人人能做的，而知却是极少数先知先觉者的责任。大多数的人应该崇拜知识学问，服从领袖，奉行计划。那中级的后知后觉者也只应该服从先知先觉者的理想计划，替他鼓吹宣传，使多数人明白他的理想，使那种种理想容易实行。所以中山先生说：

中国不患无实行家，盖林林总总者皆是也。乃吾党之士有言曰：

"某也理想家也，某也实行家也。"其以二三人可为改革国事之实行家，真谬误之甚也。不观今之外人在上海所建设之宏大工厂，繁盛市街，崇伟楼阁，其实行家皆中国之工人也。而外人不过为理想家计划家而已，并未有躬亲实行其建设之事也。故为一国之经营建设，所难得者非实行家也，乃理想计划家也。而中国之后知后觉者，皆重实行而轻理想矣。是犹治化学而崇拜三家村之豆腐公，而忽于裴在辂巴斯德等宿学也。是犹治医学而崇拜蜂虫之蜾蠃，而忽于发明蒙药之名医，盖豆腐公为生物化学之实行家，而蜾蠃为蒙药之实行家也。有是理乎！乃今之后知后觉者，悉中此病，所以不能鼓吹舆论，倡导文明，而反足混乱是非，阻碍进化也。是故革命以来建设事业不能进行者，此也。予于是乎不得不彻底详辟，欲使后知后觉者，了然于向来之迷误，而翻然改图，不再为似是而非之说以惑世，而阻挠吾林林总总之实行家，则建设前途大有希望矣。（61—62 页）

所以"行易知难"的学说的真意义只是要使人信仰先觉，服从领袖，奉行不悖。中山先生著书的本意只是要说"服从我，奉行我的《建国方略》"。他虽然没有这样明说，然而他在本书的第六章之后，附录《陈英士致黄克强书》（79—87 页），此书便是明明白白地要人信仰孙中山，奉行不悖。英士先生在此书里痛哭流涕地指出国民党第五次重大之失败都是因为他们"认中山之理想为误而反对之，致于失败"。他说：

唯其前日认中山先生之理想为误，皆致失败，则于今日中山先生之所主张，不宜轻以为理想而不从，再贻他日之悔。夫人之才识与时并进，知昨非而今日未必是，能取善斯不厌从人。鄙见以为理想者事实之母也。中山先生之提倡革命，播因于二十年前。当时反对之者，举国士夫，殆将一致。乃经二十年后，卒能见诸实行者，理想之结果也。使吾人于二十年前即赞成其说，安见所悬理想必迟至二十年之久始得收效？抑使吾人于二十年后犹反对之，则中山先生之理想不知何时始克形诸事实，或且终不成效果至于靡有穷期者，亦难逆料也。故中山先生之理想能否证实，全在吾人之视察能否了解，能否赞同，以奉行不悖是已。

"孙文学说"的真意义只是要人信仰"孙文学说"，奉行不悖。此意似甚浅，但我们细读此书，不能不认这是唯一可能的解释。

四、批 评

行易知难的学说是一种很有力的革命哲学。一面要人知道"行易"，可以鼓舞人勇往进取。一面更要人知道"知难"，可以提倡多数人对于先知先觉者的信仰与服从。信仰领袖，服从命令，一致进取，不怕艰难，这便是革命成功的条件。所以说中山说这是必要的心理建设。

孙中山死后三四年中，国民党继续奉他做领袖，把他的遗教奉作一党的共同信条，极力宣传。"共信"即立，旗帜便鲜明了，壁垒也便整齐了。故三四年中，国民革命军的先声夺人，所向都占胜利。北伐的成功，可说是建立"共信"的功效。其间稍有分裂，也只为这个共信发生了动摇的危险。

故这三年的革命历史可说是中山先生的学说添了一重证据，证明了服从领袖奉行计划的重要，证明了建立共同信仰的重要，证明了只要能奉行一个共同的信仰，革命的一切困难都可以征服。

但政治上的一点好成绩不应该使我们完全忽视了这个学说本身的一些错误。所以我想指出这个学说的错误之点，和从这些错误上连带发生的恶影响。

行易知难说的根本错误在于把"知""行"分的太分明。中山的本意只要教人尊重先知先觉，教人服从领袖者，但他的说话很多语病，不知不觉地把"知""行"分作两件事，分作两种人做的两类的事。这是很不幸的。因为绝大部分的知识是不能同"行"分离的，尤其是社会科学的知识。这绝大部分的知识都是从实际经验（行）上得来：知一点，行一点；行一点，更知一点——越行越知，越知越行，方才有这点子知识。三家村的豆腐公也不是完全没有知识；他做豆腐的知识比我们大学博士高明得多多。建筑高大洋房的工人也不是完全没有知识；他们的本事也是越知越行，越行越知，所以才有巧工巧匠出来。至于社会科学的知识，更是知行分不开的。五权与九权的宪法，都不是学者的抽象理想，都只是某国某民族的实行的经验的结果。政治学者研究的对象只是历史，制度，事实——都是"行"的成绩。"行"的成绩便是知，知的作用便是帮助行，指导行，改善行。政治家虽然重在实行，但一个制度或政策的施行，都应该服从专家的指示，根据实际的利弊，随时修正改革，这修正补救便是越行越知，越知越行，便是知行不能分开。

中山先生志在领导革命，故倡知难行易之说，自任知难而勉人以行易。他不曾料到这样分别知行的结果有两大危险：

　　第一，许多青年同志便只认得行易，而不觉得知难。于是有打倒知识阶级的喊声，有轻视学问的风气。这是很自然的：既然行易，何必问知难呢？

　　第二，一班当权执政的人也就借"行易知难"的招牌，以为知识之事已有先总理担任做了，政治社会的精义都已包罗在《三民主义》《建国方略》等书之中，中国人民只有服从，更无疑义，更无批判辩论的余地了。于是他们掮着"训政"的招牌，背着"共信"的名义，钳制一切言论出版的自由，不容有丝毫异己的议论。知难既有先总理任之，行易又有党国大同志任之，舆论自然可以取消了。

　　行易知难说是一时救弊之计，目的在于矫正"知之非艰，行之维艰"的旧说，故为"林林总总"之实行家说法，教人知道实行甚易，但老实说来，知固是难，行也不易，这便是行易知难说的第二个根本错误。

　　中山先生举了十项证据来证明行易知难，我们忍不住要问他："中山先生，你是学医的人，为什么你不举医学作证据呢？"中山先生做过医学的工夫，故不肯举医学作证据，因为医学最可以推翻行易知难的学说。医学是最难的事，人命所关，故西洋的医科大学毕业年限比别科都长两年以上。但读了许多生理学、解剖学、化学、微菌学、药学……还算不得医生。医学一面是学，一面又是术，一面是知，一面又是行。一切书本的学问都要能用在临床的经验上；只有从临床的经验上得来的学问与技术方才算是真正的知识。一个医生的造成，全靠知行的合一，即行即知，即知即行，越行越知，越知越行的工巧精妙。熟读了六七年的书，拿着羊皮纸的文凭，而不能诊断，不能施手术，不能疗治，才知道知固然难，行也大不易也！

　　岂但医生如此？做豆腐又何尝不如此？书画弹琴又何尝不如此？打球，

游水，开汽车，又何尝不如此？建屋造船也何尝不如此？做文章，打算盘，也何尝不如此？一切技术，一切工艺，哪一件不如此？

治国是一件最复杂最繁难又最重要的技术，知与行都很重要，纸上的空谈算不得知，鲁莽糊涂也算不得行。虽有良法美意，而行之不得其法，也会祸民误国，行的不错，而朝令夕更，也不会得到好结果。政治的设施往往关系几千万人或几万万人的厉害，兴一利可以造福于一县一省，生一弊可害无数人的生命财产。这是何等繁难的事！古人把"良医"和"良相"相提并论，其实一个庸医害人有限，而一个坏政策可以造孽无穷。医生以人命为重，故应该小心翼翼地开刀开方；政府以人民为重，故应该小心翼翼地治国。古人所以说"知之非艰，行之维艰"，正是为政治说的，不是叫人不行，只是叫人不要把行字看得太容易，叫人不可鲁莽糊涂地胡作胡为害人误国。

民生国计是最复杂的问题，利弊不是一人一时看得出来，故政治是无止境的学问，处处是行，刻刻是知，越行方才越知，越知方才可以行得越好。"考试"是容易谈的，但实行考试制度是很难的事。"裁兵"是容易谈的，但怎样裁兵是很难的事。现在的人都把这些事看得太容易了，故纨绔子弟可以办交通，顽固书生可以办考试，当火头出身的可以办一省的财政，旧式的官僚可以管一国的卫生。

今日最大的危险是当国的人不明白他们干的事是一件绝大繁难的事。以一班没有现代学术训练的人，统治一个没有现代物质基础的大国家，天下的事有比这个更繁难的吗？要把这件大事办得好，没有别的法子，只有充分请教专家，充分运用科学。然而"行易"之说可以作一班不学无术的军人政客的护身符！此说不修正，专家政治决不会实现。

孔门弟子的哲学传承

说　孝

孔子何尝不说孝道，但总不如曾子说得透彻圆满。曾子说：

> 孝有三：大孝尊亲，其次弗辱，其次能养。（《礼记·祭义》）

什么叫作尊亲呢？第一，是增高自己的人格，如《孝经》说的"立身行道，扬名于后世，以显父母"。第二，是增高父母的人格，所谓"先意承志，谕父母于道"。尊亲即是《孝经》的"严父"。《孝经》说：

> 人之行莫大于孝，孝莫大于严父（严父谓尊严其父），严父莫大于配天。

什么叫作弗辱呢？第一即是《孝经》所说"身体发肤，受之父母，不敢毁伤"的意思。《祭文》所说"父母全而生子，子全而归之"，也是此意。第二，是不敢玷辱父母传与我的人格。这一层曾子说得最好。他说：

　　身也者，父母之遗体也。行父母之遗体，敢不敬乎？居处不庄，非孝也。事君不忠，非孝也。莅官不敬，非孝也。朋友不信，非孝也。战陈无勇，非孝也。

　　五者不遂，灾及其亲，敢不敬乎？（《祭义》）

什么叫作能养呢？孔子说的：

　　今之孝者，是谓能养。至于犬马，皆能有养。不敬，何以别乎？（《论语》二）

　　事父母几谏。见志不从，又敬不违，劳而不怨。（《论语》四）

　　这都是精神的养亲之道。不料后来的人只从这个养字上用力，因此造出许多繁文缛礼来，例如《礼记》上说的：

　　子事父母，鸡初鸣，咸盥漱，栉、纵、笄、緫，拂髦，冠、緌、缨、端、韠、绅，搢笏。左右佩用：左佩纷帨、刀、砺、小觿、金燧，右佩玦、捍、管、遰、大觿、木燧。逼，屦著綦……以适父母之所。及所，下气怡声，问衣燠寒，疾痛苛痒，而敬抑搔之。出入则或先或后，而敬扶持之。进盥，少者捧盘，长者捧水，请沃盥，盥卒，授巾。问所欲而敬进之。（《内则》）

　　这竟是现今戏台上的台步、脸谱、武场套数，成了刻板文字，便失了孝的真意了。曾子说的三种孝，后人只记得那最下等的一项，只在一个"养"字上做功夫。甚至于一个母亲发了痴心冬天要吃鲜鱼，他儿子便去睡在冰上，冰里面便跳出活鲤鱼来了（《晋书·王祥传》）。这种鬼话，竟有人信以为真，以为孝子应该如此！可见孝的真义久已埋没了。

孔子的人生哲学，虽是伦理的，虽注重"君君、臣臣、父父、子子、夫夫、妇妇"，却并不曾用"孝"字去包括一切伦理。到了他的门弟子，以为人伦之中独有父子一伦最为亲切，所以便把这一伦提出来格外注意，格外用功。如《孝经》所说：

父子之道，天性也……故不爱其亲而爱他人者，谓之悖德。不敬其亲而敬他人者，谓之悖礼。

又如有子说的：

君子务本，本立而道生。孝弟也者，其为仁之本欤？（《论语》一）

孔门论仁，最重"亲亲之杀"，最重"推恩"，故说孝悌是为仁之本。后来更进一步，便把一切伦理都包括在"孝"字之内。不说你要做人，便该怎样，便不该怎样；却说你要做孝子，便该怎样，便不该怎样。例如：上文所引曾子说的"战陈无勇""朋友不信"，他不说你要做人，要尽人道，故战阵不可无勇，故交友不可不信；只说你要做一个孝子，故不可如此如此。这个区别，在人生哲学史上，非常重要。孔子虽注重个人的伦理关系，但他同时又提出一个"仁"字，要人尽人道，做一个"成人"。故"居处恭，执事敬，与人忠"，只是仁，只是尽做人的道理。这是"仁"的人生哲学。那"孝"的人生哲学便不同了。细看《祭义》和《孝经》的学说，简直可算得不承认个人的存在。我并不是我，不过是我的父母的儿子。故说："身也者，父母之遗体也。"又说，"身体发肤，受之父母。"我的身并不是我，只是父母的遗体，故居处不庄，事君不忠，战陈无勇，都只是对不住父母，都只是不孝。《孝经》说天子应该如何，诸侯应该如何，卿大夫应该如何，士庶人应该如何。他并不说你做了天子诸侯或是做了卿大夫士庶人，若不如此做，便不能尽你做人之道。他只说你若要做孝子，非得如此做去，不能尽孝道，不能对得住你的父母。总而言之。你无论在什么地位，无论做什么事，你须要记得这并不是"你"做了天子诸侯等，乃是"你父母的儿子"做了天子诸侯，等等。

这是孔门人生哲学的一大变化。孔子的"仁的人生哲学"，要人尽"仁"道，要人做一个"人"。孔子以后的"孝的人生哲学"，要人尽"孝"道，要人做一个"儿子"。这种人生哲学，固然也有道理，但未免太把个人埋没在家庭伦理里面了。如《孝经》说：

事亲者，居上不骄，为下不乱，在丑不争。

难道不事亲的便不能如此吗？又如：

爱亲者不敢恶于人，敬亲者不敢慢于人。

为什么不说为人之道不当恶人、慢人呢?

以上说孝的哲学。现在且说"孝的宗教"。宗教家要人行善,又怕人不肯行善,故造出一种人生行为的监督,或是上帝,或是鬼神,多可用来做人生道德的裁制力。孔子是不很信鬼神的,他的门弟子也多不深信鬼神(墨子常说儒家不信鬼神)。所以孔门不用鬼神来做人生的裁制力。但是这种道德的监督似乎总不可少,于是想到父子天性上去。他们以为五伦之中父子的亲谊最厚,人人若能时时刻刻想着父母,时时刻刻唯恐对不住父母,便决不致做出玷辱父母的行为了。所以儒家的父母便和别种宗教的上帝鬼神一般,也有裁制鼓励人生行为的效能。如曾子的弟子乐正子春说:

> 吾闻诸曾子,曾子闻诸夫子曰:"天之所生,地之所养,无人为大。父母全而生之,子全而归之,可谓孝矣。不亏其体,不辱其亲,可谓全矣。"故君子顷步而不敢忘孝也……一举足而不敢忘父母,一出言而不敢忘父母。一举足而不敢忘父母,是故道而不径,舟而不游,不敢以先父母之遗体行殆。一出言而不敢忘父母,是故恶言不出于口,忿言不反于身,不辱其身,不羞其亲,可谓孝矣。(《祭义》)

人若能一举足,一出言,都不敢忘父母,他的父母便是他的上帝鬼神,他的孝道便成了他的宗教。曾子便真有这个样子。看他临死时对他的弟子说:

启予足，启予手。《诗》云："战战兢兢，如临深渊，如履薄冰。"而今而后，吾知免夫，小子！（《论语》八）

这是完全一个宗教家的口气。这种"全受全归"的宗教的大弊病，在于养成一种畏缩的气象，使人消磨一切勇往冒险的胆气。《汉书·王尊传》说：

王阳为益州刺史，行部到邛郲九折阪，叹曰："奉先人遗体，奈何数乘此险！"后以病去。

这就是"不敢以先父母之遗体行殆"的宗教的流毒了。

儒家又恐怕人死了父母，便把父母忘了，所以想出种种丧葬祭祀的仪节出来，使人永久纪念着父母。曾子说：

吾闻诸夫子：人未有自致者也，必也亲丧乎！（《论语》十九。《孟子》也说："亲丧故所自尽也。"）

因为儒家把亲丧的时节看得如此重要，故要利用这个时节的心理，使人永久纪念着父母。儒家的丧礼，孝子死了父母，"居于倚庐，寝苦枕块，哭泣无数，服勤三年，身病体羸，扶而后能起，杖而后能行"。还有种种怪现状，种种极琐细的仪文，试读《礼记》中《丧大记》《丧服大记》《奔丧》《问丧》诸篇，便可略知大概，今不详说。三年之丧，也是儒家所创，并非古礼，其证有三。《墨子·非儒篇》说：

> 儒者曰：亲亲有术，尊贤有等……其礼曰：丧父母三年。

此明说三年之丧是儒者之礼，是一证。《论语》十七记宰我说三年之丧太久了，一年已够了。孔子弟子中尚有人不认此制合礼，可见此非当时通行之俗，是二证。《孟子·滕文公》篇记孟子劝滕世子行三年之丧，滕国的父兄百官皆不愿意，说道："吾宗国鲁先君莫之行，吾先君亦莫之行也。"鲁为周公之国，尚不曾行过三年之丧，是三证。至于儒家说尧死时三载如丧考妣，商高宗三年不言和孟子所说"三年之丧，三代共之"，都是儒家托古改制的惯技，不足凭信。

祭祀乃是补助丧礼的方法。三年之丧虽久，究竟有完了的时候。于是又创为以时祭祀之法，使人时时纪念着父母祖宗。祭祀的精义，《祭义》说得最妙：

> 斋之日，思其居处，思其笑语，思其志意，思其所乐，思其所嗜。斋三日乃见其所为斋者。祭之日，入室，僾然必有见乎其位。周还出户，肃然必有闻乎其容声。出户而听，忾然必有闻乎其叹息之声。（《祭义》）

这一段文字，写祭祀的心理，可谓妙绝。近来有人说儒教不是宗教，我且请他细读《祭义》篇。

但我不说儒家是不深信鬼神的吗？何以又如此深信祭祀呢？原来儒家虽

不深信鬼神，却情愿自己造出鬼神来崇拜。例如孔子明说"未知生，焉知死"，他却又说："祭如在，祭神如神在。"一个"如"字，写尽宗教的心理学。上文所引《祭义》一段，写那祭神的人，斋了三日，每日凝神思念所祭的人，后来自然会"见其所为斋者"。后文写祭之日一段，真是见神见鬼，其实只是《中庸》所说"洋洋乎如在其上，如在其左右"，依旧是一个"如"字。

有人问，儒家为什么情愿自己造出神来崇拜呢？我想这里面定有一层苦心。曾子说：

　　慎终追远，民德归厚矣。（《论语》一）

孔子说：

　　君子笃于亲，则民兴于仁。（《论语》八）

一切丧葬祭祀的礼节，千头万绪，只是"慎终追远"四个字，只是要"民德归厚"，只是要"民兴于仁"。

这是"孝的宗教"。

谈　礼

我讲孔门弟子的学说，单提出"孝"和"礼"两个观念。孝字很容易讲，礼字却极难讲。今试问人"什么叫作礼"，几乎没有一人能下一个完全满意的界说。有许多西洋的"中国学家"也都承认中文的礼字在西洋文字竟没有相当的译名。我现在且先从字义下手。《说文》："礼，履也，所以事神致福也。从'礻'从'豊'，豊亦声。"又，"豊，行礼之器也，从豆，象形。"按礼字从"礻"从"豊"，最初本义完全是宗教的仪节，正译当为"宗教"。《说文》所谓"所以事神致福"，即是此意。《虞书》："有能典朕三礼。"马注："天神地祇人鬼之礼也。"这是礼的本义。后来礼字范围渐大，有"五礼"（吉、凶、军、宾、嘉）、"六礼"（冠、昏、丧、祭、乡、相见）、"九礼"（冠、昏、朝、聘、丧、祭、宾主、乡饮酒、军旅）的名目。这都是处世接人慎终追远的仪文，范围已广，不限于宗教一部分，竟包括一切社会习惯风俗所承认的行为的规矩。如今所传《仪礼》十七篇，及《礼记》中专记礼文仪节的一部分，都是这一类。礼字的广义，还不止于此。《礼运》篇说：

> 礼者，君之大柄也，所以别嫌、明微、傧鬼神、考制度、别仁义，所以治政安君也。

《坊记》篇说：

> 礼者，因人之情而为之节文，以为民坊者也。

这种"礼"的范围更大了。礼是"君之大柄""所以治政安君""所以为民坊"，这都含有政治法律的性质。大概古代社会把习惯风俗看作有神圣不可侵犯的尊严，故"礼"字广义颇含有法律的性质。儒家的"礼"

和后来法家的"法"同是社会国家的一种裁制力，其中却有一些分别。第一，礼偏重积极的规矩，法篇重消极的禁制；礼教人应该做什么，应该不做什么；法教人什么事是不许做的，做了是要受罚的。第二，违法的有刑罚的处分，违礼的至多不过受"君子"的讥评、社会的笑骂，却不受刑罚的处分。第三，礼与法施行的区域不同。《礼记》说："礼不下庶人，刑不上大夫。"礼是为上级社会设的，法是为下等社会设的。

礼与法虽有这三种区别，但根本上同为个人社会一切行为的裁制力。因此我们可说礼是人民的一种"坊"（亦作防）。《大戴礼记·礼察》篇说（《小戴记·经解》篇与此几全同）：

孔子曰（凡大小《戴记》所称"孔子曰""子曰"都不大可靠）：君子之道，譬犹防欤。夫礼之塞乱之所从生也。犹防之塞水之所从来也……故婚姻之礼废，则夫妇之道苦，而淫僻之罪多矣。乡饮酒之礼废，则长幼之序失，而争斗之狱繁矣。聘射之礼废，则诸侯之行恶，而盈溢之败起矣。丧祭之礼废，则臣子之恩薄，而倍死忘生之礼众矣。凡人之知，能见已然，不见将然。礼者禁于将然之前，而法者禁于已然之后……礼云，礼云，贵绝恶于未萌，而起敬于微眇，使民日徙善远罪而不自知也。

这一段说礼字最好。礼只教人依礼而行，养成道德的习惯，使人不知不觉地"徙善远罪"。故礼只是防恶于未然的裁制力。譬如人天天讲究运动卫生，使疾病不生，是防病于未然的方法。等到病已上身，再对症吃药，便是医病于已然之后了。礼是卫生书，法是医药书。儒家深信这个意思，故把一切合于道理可以做行为标准，可以养成道德习惯，可以增进社会治安的规矩，都称为礼。这是最广义的"礼"，不但不限于宗教一部分，并且不限于习惯风俗。《乐记》说：

礼也者，理之不可易者也。

《礼运》说：

礼也者，义之实也。协诸义而协，则礼虽先王未之有，可以义起也。

这是把礼、理和义看作一事，凡合于道理之正、事理之宜的，都可建立为礼的一部分。这是"礼"字进化的最后一级。"礼"的观念凡经过三个时期。第一，最初的本义是宗教的仪节。第二，礼是一切习惯风俗所承认的规矩。第三，礼是合于义理可以做行为模范的规矩，可以随时改良变换，不限于旧俗古礼。

以上说礼字的意义。以下说礼的作用，也分三层说：

第一，礼是规定伦理名分的。上篇说过孔门的人生哲学是伦理的人生哲学，他的根本观念只是要"君君、臣臣、父父、子子、夫夫、妇妇"。这种种伦常关系的名分区别，都规定在"礼"里面。礼的第一个作用，只是家庭社会国家的组织法（组织法旧译宪法）。《坊记》说：

夫礼者，所以章疑别微，以为民坊者也。故贵贱有等，衣服有别，朝廷有位，则民有所让。

《哀公问》说：

民之所由生，礼为大。非礼无以节事天地之神也，非礼无以辨君臣上下长幼之位也，非礼无以别男女父子兄弟之亲，婚姻、疏数之交也。

这是礼的重要作用。朝聘的拜跪上下、乡饮酒和士相见的揖让进退、丧服制度的等差、祭礼的昭穆祧迁，都只是要分辨家庭社会一切伦理的等差次第。

第二，礼是节制人情的。《礼运》说此意最好：

圣人耐（通能字）以天下为一家，以中国为一人者，非意之也。必知其情，辟于其义（辟，晓喻也），明于其利，达于其患，然后能为之。何谓人情？喜、怒、哀、惧、爱、恶、欲，七者弗学而能。何谓人义？父慈、子孝、兄良、弟悌、夫义、妇听、长惠、幼顺、君仁、臣忠，十者谓之人义。讲信修睦，谓之人利；争夺相杀，谓之人患。故圣人之所以治人七情，修十义，讲信修睦，尚辞让，去争夺，舍礼何以治之？

饮食男女，人之大欲存焉。死亡贫苦，人之大恶存焉。故欲恶者，心之大端也。人藏其心，不可测度也。美恶皆在其心，不见其色也。欲一以穷之，舍礼何以哉？

人的情欲本是可善可恶的，但情欲须要有个节制；若没有节制，便要生出许多流弊。七情之中，欲恶更为重要，欲恶无节，一切争夺相杀都起于此。儒家向来不主张无欲（宋儒始有去人欲之说），但主"因人之情而为之节文以为民坊"。

子游说：

有直道而径行者，戎狄之道也。礼道则不然。人喜则斯陶，陶斯咏，咏斯犹（郑注，犹当为摇，声之误也），犹斯舞（今本此下有"舞斯愠"三字，今依陆德明《释文》删去）。愠斯戚，戚斯叹，叹斯辟（郑注，辟，拊心也），辟斯踊矣。品节斯，斯之谓礼。

（《檀弓》）

《乐记》也说：

夫豢豕为酒，非以为祸也，而狱讼益繁，则酒之流生祸也。是故先王因为酒礼：一献之礼宾主百拜，终日饮酒，而不得醉焉，此先王之所以备酒祸也。

这两节说"因人之情而为之节文",说得最透彻。《檀弓》又说：

> 弁人有其母死而孺子泣者。孔子曰："哀则哀矣,而难为继也。
> 夫礼为可传也,为可继也,故哭踊有节。"

这话虽然不错,但儒家把这种思想推于极端,把许多性情上的事都要依刻板的礼节去做。《檀弓》有一条绝好的例：

> 曾子袭裘而吊,子游裼裘而吊。曾子指子游而示人曰："夫夫
> 也,为习于礼者。如之何其裼裘而吊也。"主人既小敛,袒,括发,
> 子游趋而出,袭裘带绖而入。曾子曰："我过矣! 我过矣! 夫夫是也。"

这两个"习于礼"的圣门弟子,争论这一点小节,好像是什么极大关系的事,圣门书上居然记下来,以为美谈! 怪不得那"堂堂乎"的子张要说"祭思敬,丧思哀,其可已矣! "（子路是子张一流人,故也说"丧礼与其哀不足而礼有余也,不若礼不足而敬有余也"。）

第三,礼是涵养性情,养成道德习惯的。以上所说两种作用——规定伦理名分,节制情欲——只是要造成一种礼义的空气,使人生日用,从孩子童到老大,无一事不受礼义的裁制,使人"绝恶于未萌,而起敬于微眇,使民日徒善远罪而不自知"。这便是养成的道德习惯。平常的人,非有特别意外的原因,不至于杀人放火、奸淫偷盗,都只为社会中已有了这种平常道德的空气,所以不知不觉地也会不犯这种罪恶。这便是道德习惯的好处。

儒家知道要增进人类道德的习惯，必须先造成一种更浓厚的礼义空气，故他们极推重礼乐的节文。《檀弓》中有个周丰说道：

> 墟墓之间，未施哀于民而民哀。社稷宗庙之中，未施敬于民而民敬。

墟墓之间，有哀的空气；宗庙之中，有敬的空气。儒家重礼乐，本是极合于宗教心理学与教育心理学的。只可惜儒家把这一种观念也推行到极端，故后来竟致注意服饰拜跪种种小节，便把礼的真义反失掉了。《孔子家语》说：

> 哀公问曰："绅委章甫有益于仁乎？"
>
> 孔子作色而对曰："君胡然焉！衰麻苴杖者志不存乎乐，非耳弗闻，服使然也；黼黻衮冕者容不亵慢，非性矜庄，服使然也；介胄执戈者无退愞之气，非体纯猛，服使然也。"

这话未尝无理，但他可不知道后世那些披麻戴孝，拿着哭丧杖的人何尝一定有哀痛之心？他又哪里知道如今那些听着枪声就跑的将军兵大爷何尝不穿着军衣带着文虎章？还是《论语》里面的孔子说得好：

> 礼云礼云，玉帛云乎哉？乐云乐云，钟鼓云乎哉？
>
> 林放问礼之本。子曰："大哉问！礼，与其奢也，宁俭。丧，

　　与其易也，宁戚。"

　　人而不仁，如礼何？人而不仁，如乐何？

杜威先生与中国

　　杜威先生今天离开北京，起程归国了。杜威先生于民国八年（1919年）五月一日——"五四"的前二天——到上海，在中国共住了两年零两月。中国的地方他到过并且讲演过的，有奉天、直隶、山西、山东、江苏、江西、湖北、湖南、浙江、福建、广东十一省。他在北京的五种长期讲演录已经过第十版了，其余各种小讲演录——如山西的，南京的，北京学术讲演会的——几乎数也数不清楚了！我们可以说，自从中国与西洋文化接触以来，没有一个外国学者在中国思想界的影响有杜威先生这样大的。

　　我们还可以说，在最近的将来几十年中，也未必有别个西洋学者在中国的影响可以比杜威先生还大的。这句预言初听了似乎太武断了。但是我们可以举两个理由：

　　第一，杜威先生最注重的是教育的革新，他在中国的讲演也要算教育的讲演为最多。当这个教育破产的时代，他的学说自然没有实行的机会。但他的种子确已散布不少了。将来各地的"试验学校"渐渐地发生，杜威的教育学说有了试验的机会，那才是杜威哲学开花结子的时候呢！现在的杜威，还只是一个盛名；十年二十年后的杜威，变成了无数杜威式的试验学校，直接或间接影响全中国的教育，那种影响不应该比现在更大千百倍吗？

　　第二，杜威先生不曾给我们一些关于特别问题的特别主张——如共产主义、无政府主义、自由恋爱之类，——他只给了我们一个哲学方法，使我们用这个方法去解决我们自己的特别问题。他的哲学方法总名叫做"实验主义"，分开来可做两步说：

（一）历史的方法——"祖孙的方法"。他从来不把一个制度或学说看作一个孤立的东西，总被他看作一个中段：一头是他所以发生的原因，一头是他自己发生的效果；上头有他的祖父，下头有他的孙子。捉住了这两头，他再也逃不出去了！这个方法的应用，一方面是很忠厚宽恕的，因为他处处指出一个制度或学说所以发生的原因，指出他的历史的背景，故能了解他在历史上的地位和价值，故不致有过分的苛责。一方面，这个方法又是很严厉的，最带有革命性质的。因为他处处拿一个学说或制度发生的结果，来评判他本身的价值，故最公平，又最厉害。这种方法，是一切带有评判（Critical）精神的运动的一个武器。

（二）实验的方法。实验的方法，至少注重三件事：

（1）从具体的事实与境地下手；

（2）一切学说理想，一切知识，都只是待证的假设，并非天经地义；

（3）一切学说与理想，都须用实行来试验过。实验是真理的唯一试金石。

第一件——注意具体的境地——使我们免去许多无谓的问题，省去许多无意识的争论。第二件——一切学理都看作假设——可以解放许多"古人的奴隶"。第三件——实验——可以稍稍限制那上天下地的妄想冥思。实验主义只承认那一点一滴做到的进步，步步有智慧的指导，步步有自动的实验——才是真进化。

特别主张的应用是有限的，方法的应用是无穷的。杜威先生虽去了，他的方法将来一定会得更多的信徒。国内敬爱杜威先生的人若都能注意于推行他所提倡的这两种方法，使历史的观念与实验的态度渐渐地变成思想界的风尚与习惯，那时候，这种哲学的影响之大，恐怕我们最大胆的想象力也还推测不完呢。

因为这两种理由，我敢预定：杜威先生虽去，他的影响永远存在，将来还要开更灿烂的花，结更丰盛的果。

杜威先生真爱中国，真爱中国人；他这两年之中，对我们中国人，他是我们的良师好友；对于国外，他还替我们做了两年的译人与辩护士。他在《新共和国》（*The New Republic*）和《亚细亚》（*Asia*）两个杂志上发表的几十篇文章，都是用最忠实的态度对于世界为我们做解释的。因为他的人格高尚，故世界的人对于他的评判几乎没有异议。杜威这两年来对中国尽的这种义务，真应该受我们很诚恳的感谢。

我们对于杜威先生一家的归国，都感觉很深挚的别意。我祝他们海上平安！

读　书

"读书"这个题，似乎很平常，也很容易。然而我却觉得这个题目很不好讲。据我所知，"读书"可以有三种说法：

（1）要读何书。

关于这个问题，《京报副刊》上已经登了许多时候的"青年必读书"；但是这个问题，殊不易解决，因为个人的见解不同，个性不同。各人所选只能代表各人的嗜好，没有多大的标准作用。所以我不讲这一类的问题。

（2）书的功用。

从前有人作"读书乐"，说什么"书中自有千钟粟，书中自有黄金屋，书中自有颜如玉"，现在我们不说这些话了。要说，读书是求知识，知识就是权力。这些话都是大家会说的，所以我也不必讲。

（3）读书的方法。

我今天是想根据个人经验，同诸位谈谈读书的方法。我的第一句话是很平常的，就是说，读书有两个要素：第一要精；第二要博。

现在先说什么叫"精"。

我们小的时候读书，差不多每个小孩都有一条书签，上面写十个字，这十个字最普遍的就是"读书三到：眼到，口到，心到"。现在这种书签虽不用，三到的读书法却依然存在。不过我以为读书三到是不够的；须有四到，是："眼到，口到，心到，手到"。我就拿它来说一说。

眼到是要个个字认得，不可随便放过。这句话起初看去似乎很容易，其实很不容易。读中国书时，每个字的一笔一画都不放过，近人费许多功夫在校勘学上，都因古人忽略一笔一画而已。读外国书要把 A，B，C，D 等字母弄得清清楚楚。所以说这是很难的。如有人翻译英文，把"port"看作"pork"，把"oats"看作"oaks"，于是葡萄酒一变而为猪肉，小草变成了大树。说起来这种例子很多，这都是眼睛不精细的结果。书是文字做成的，不肯仔细认字，就不必读书。眼到对于读书的关系很大，一时眼不到，贻害很大，并且眼到能养成好习惯，养成不苟且的人格。

口到是一句一句要念出来。前人说口到是要念到烂熟背得出来。我们现在虽不提倡背书，但有几类的书，仍旧有熟读的必要：如心爱的诗歌，如精彩的文章，熟读多些，于自己的作品上也有良好的影响。读此外的书，虽不须念熟，也要一句一句念出来，中国书如此，外国书更要如此。念书的功用能使我们格外明了每一句的构造，句中各部分的关系。往往一遍念不通，要念两遍以上，方才能明白的。读好的小说尚且要如此，何况读关于思想学问的书呢？

心到是每章每句每字意义如何？何以如是？这样用心考究。但是用心不是叫人枯坐冥想，是要靠外面的设备及思想的方法的帮助。要做到这一点，须要有几个条件：

（1）字典，辞典，参考书等工具要完备。这几样工具虽不能办到，也当到图书馆去看。我个人的意见是奉劝大家，当衣服，卖田地，至少要置备一点好的工具。比如买一本《韦氏大字典》，胜于请几个先生。这种先生终身跟着你，终身享受不尽。

（2）要作文法上的分析。用文法的知识，作文法上的分析，要懂得文法构造，方才懂得它的意义。

（3）有时要比较参考，有时要融会贯通，方能了解。不可单看字面。一个字往往有许多意义，读者容易上当。

例如"turn"这字：作外动字解有十五解，作内动字解有十三解，作名词解有二十六解，共五十四解，而成语不算。

又如"strike"：作外动字解有三十一解，作内动字解有十六解，作名词解有十八解，共六十五解。

又如"go"字最容易了，然而这个字：作内动字解有二十二解，作外动字解有三解，作名词解有九解，共三十四解。

以上是英文字须要加以考究的例。英文字典是完备的；但是某一字在某一句究竟用第几个意义呢？这就非比较上下文，或贯串全篇，不能懂了。

中文较英文更难，现在举几个例：

祭文中第一句"维某年月日"之"维"字，究作何解？字典上说它是虚字。《诗经》里"维"字有两百多，必需细细比较研究，然后知道这个字有种种意义。

又《诗经》之"于"字，"之子于归""凤凰于飞"等句，"于"字究作何解？非仔细考究是不懂的。又"言"字人人知道，但在《诗经》中就发生问题，必须比较，然后知"言"字为连接字。诸如此例甚多。中国古书很难读，古字典又不适用，非是用比较归纳的研究方法，我们如何懂得呢？

总之，读书要会疑，忽略过去，不会有问题，便没有进益。

宋儒张载说："读书先要会疑。于不疑处有疑，方是进矣。"他又说，"在可疑而不疑者，不曾学。学则须疑。"又说，"学贵心悟，守旧无功。"

宋儒程颐说："学原于思。"

这样看起来，读书要求心到；不要怕疑难，只怕没有疑难。工具要完备，思想要精密，就不怕疑难了。

现在要说手到。手到就是要劳动劳动你的贵手。读书单靠眼到，口到，心到，还不够的；必须还得自己动手，才有所得。例如：

（1）标点分段，是要动手的。

（2）翻查字典及参考书，是要动手的。

（3）做读书札记，是要动手的。札记又可分四类：

①抄录备忘。

②作提要，节要。

③自己记录心得。张载说："心中苟有所开，即便札记。不则还塞之矣。"

④参考诸书，融会贯通，作有系统的著作。

手到的功用。我常说：发表是吸收知识和思想的绝妙方法。吸收进来的知识思想，无论是看书来的，或是听讲来的，都只是模糊零碎，都算不得我们自己的东西。自己必须做一番手脚，或做提要，或做说明，或做讨论，自己重新组织过，申叙过，用自己的语言记述过——那种知识思想方才可算是你自己的了。

我可以举一个例。你也会说"进化"，他也会谈"进化"，但你对于"进化"这个观念的见解未必是很正确的，未必是很清楚的；也许只是一种"道听途说"，也许只是一种时髦的口号。这种知识算不得知识，更算不得是

"你的"知识。假使你听了我这句话，不服气，今晚回去就去遍翻各种书籍，仔细研究进化论的科学上的根据；假使你翻了几天书之后，发愤动手，把你研究所得写成一篇读书札记；假使你真动手写了这么一篇《我为什么相信进化论》的札记，列举了：

一，生物学上的证据；二，比较解剖学上的证据；三，比较胚胎学上的证据；四，地质学和古生物学上的证据；五，考古学上的证据；六，社会学和人类学上的证据。

到这个时候，你所有关于"进化论"的知识，经过了一番组织安排，经过了自己的去取叙述，这时候这些知识方才可算是你自己的了。所以我说，发表是吸收的利器；又可以说，手到是心到的法门。

至于动手标点，动手翻字典，动手查书，都是极要紧的读书秘诀，诸位千万不要轻轻放过。内中自己动手翻书一项尤为要紧。我记得前几年我曾劝顾颉刚先生标点姚际恒的《古今伪书考》。当初我知道他的生活困难，希望他标点一部书付印，卖几个钱。那部书是很薄的一本，我以为他一两个星期就可以标点完了。哪知顾先生一去半年，还不曾交卷。原来他于每条引的书，都去翻查原书，仔细校对，注明出处，注明原书卷第，注明删节之处。他动手半年之后，来对我说，《古今伪书考》不必付印了，他现在要编辑一部疑古的丛书，叫作"辨伪丛刊"。我很赞成他这个计划，让他去动手。他动手了一两年之后，更进步了，又超过那"辨伪丛刊"的计划了，他要自己创作了。他前年以来，对于中国古史，做了许多辨伪的文字；他眼前的成绩早已超过崔述了，更不要说姚际恒了。顾先生将来在中国史学界的贡献一定不可限量，但我们要知道他成功的最大原因是他的手到的功夫勤而且精。

我们可以说，没有动手不勤快而能读书的，没有手不到而能成学者的。

第二要讲什么叫"博"。

什么书都要读，就是博。古人说"开卷有益"，我也主张这个意思，所以说读书第一要精，第二要博。我们主张"博"有两个意思：

第一，为预备参考资料计，不可不博。

第二，为做一个有用的人计，不可不博。

第一，为预备参考资料计。

在座的人，大多数是戴眼镜的。诸位为什么要戴眼镜？岂不是因为戴了眼镜，从前看不见的，现在看得见了；从前很小的，现在看得很大了；从前看不分明的，现在看得清楚分明了？王荆公说得最好：

> 世之不见全经久矣。读经而已，则不足以知经。故某自百家诸子之书，至于《难经》《素问》《本草》诸小说，无所不读；农夫女工，无所不问；然后于经为能知其大体而无疑。盖后世学者与先王之时异矣；不如是，不足以尽圣人故也……致其知而后读，以有所去取，故异学不能乱也。唯其不能乱，故能有所去取者，所以明吾道而已。（《答曾子固》）

他说："致其知而后读。"又说："读经而已，则不足以知经。"即如《墨子》一书在一百年前，清朝的学者懂得此书还不多。到了近来，有人知道光学、几何学、力学、工程学…… 一看《墨子》，才知道其中有许多部分是必须用这些科学的知识方才能懂的。后来有人知道了伦理学、心理学……懂得《墨子》更多了。读别种书愈多，《墨子》愈懂得多。

所以我们也说，读一书而已则不足以知一书。多读书，然后可以专读一书。譬如读《诗经》，你若先读了北大出版的《歌谣周刊》，便觉得《诗经》好懂得多了；你若先读过社会学，人类学，你懂得更多了；你若先读过文字学，古音韵学，你懂得更多了；你若读过考古学，比较宗教学等，你懂的更多了。

你要想读佛家唯识宗的书吗？最好多读点伦理学，心理学，比较宗教学，变态心理学。无论读什么书总要多配几副好眼镜。

你们记得达尔文研究生物进化的故事吗？达尔文研究生物演变的现状，前后凡三十多年，积了无数材料，想不出一个简单贯串的说明。有一天他无意中读马尔萨斯的人口论，忽然大悟生存竞争的原则，于是得着物竞天择的道理，遂成一部破天荒的名著，给后世思想界打开一个新纪元。

所以要博学者，只是要加添参考的材料，要使我们读书时容易得"暗示"；遇着疑难时，东一个暗示，西一个暗示，就不至于呆读死书了。这叫作"致其知而后读"。

第二，为做人计。

专工一技一艺的人，只知一样，除此之外，一无所知。这一类的人，影响于社会很少。好有一比，比一根旗杆，只是一根孤拐，孤单可怜。

又有些人广泛博览，而一无所专长，虽可以到处受一班贱人的欢迎，其实也是一种废物。这一类人，也好有一比，比一张很大的薄纸，禁不起风吹雨打。

在社会上，这两种人都是没有什么大影响，为个人计，也很少乐趣。

　　理想中的学者，既能博大，又能精深。精深的方面，是他的专门学问。博大的方面，是他的旁搜博览。博大要几乎无所不知，精深要几乎唯他独尊，无人能及。他用他的专门学问做中心，次及于直接相关的各种学问，次及于间接相关的各种学问，次及于不很相关的各种学问，以次及毫不相关的各种泛览。这样的学者，也有一比，比埃及的金字三角塔。那金字塔（据最近《东方杂志》，第22卷第6号，147页）高四百八十英尺（约150米），底边各边长七百六十四英尺（约233米）。塔的最高度代表最精深的专门学问；从此点以次递减，代表那旁收博览的各种相关或不相关的学问。塔底的面积代表博大的范围，精深的造诣，博大的同情心。这样的人，对社会是极有用的人才，对自己也能充分享受人生的趣味。宋儒程颢说的好：

　　　　须是大其心使开阔：譬如为九层之台，须大做脚始得。

　　博学正所以"大其心使开阔"，我曾把这番意思编成两句粗浅的口号，现在拿出来贡献给诸位朋友，作为读书的目标：

　　　　为学要如金字塔，要能广大要能高。

为什么读书

　　青年会叫我在未离南方赴北方之前在这里谈谈，我很高兴，题目是为什么读书。现在读书运动大会开始，青年会拣定了三个演讲题目。我看第二题目怎样读书很有兴味，第三题目读什么书更有兴味，第一题目无法讲，为什么读书，连小孩子都知道，讲起来很难为情，而且也讲不好。所以我今天讲这个题目，不免要侵犯其余两个题目的范围，不过我仍旧要为其余两位演讲的人留一些余地。现在我就把这个题目来试一下看。我从前也有过一次关于读书的演讲，后来我把那篇演讲录略事修改，编入三集《文存》里面，那篇文章题目叫作"读书"，其内容性质较近于第二题目，诸位可以拿来参考。今天我就来试试为什么读书这个题目。

　　从前有一位大哲学家做了一篇《读书乐》，说到读书的好处，他说："书中自有千钟粟，书中自有黄金屋，书中自有颜如玉。"这意思就是说，读了书可以做大官，获厚禄，可以不至于住茅草房子，可以娶得年轻的漂亮太太（台下哄笑）。诸位听了笑起来，足见诸位对于这位哲学家所说的话不十分满意，现在我就讲所以要读书的别的原因。

　　为什么要读书？有三点可以讲：第一，因为书是过去已经知道的智识学问和经验的一种记录，我们读书便是要接受这人类的遗产；第二，为要读书而读书，读了书便可以多读书；第三，读书可以帮助我们解决困难，应付环境，并可获得思想材料的来源。我一踏进青年会的大门，就看见许多关于读书的标语。为什么读书？大概诸位看了这些标语就都已知道了，现在我就把以上三点更详细地说一说。

第一，因为书是代表人类老祖宗传给我们的知识的遗产，我们接受了这遗产，以此为基础，可以继续发扬光大，更在这基础之上，建立更高深更伟大的智识。人类之所以与别的动物不同，就是因为人有语言文字，可以把智识传给别人，又传至后人，再加以印刷术的发明，许多书报便印了出来。人的脑很大，与猴不同，人能造出语言，后来更进一步而有文字，又能刻木刻字；所以人最大的贡献就是（留下）过去的智识和经验，使后人可以节省许多脑力。非洲野蛮人在山野中遇见鹿，他们就画了一个人和一只鹿以代信，给后面的人叫他们勿追。但是把智识和经验遗给儿孙有什么用处呢？这是有用处的，因为这是前人很好的教训。现在学校里各种教科书，如物理、化学、历史等，都是根据几千年来进步的智识编纂成书的，一年，两年，或者三年，教完一科。自小学、中学，而至大学毕业，这十六年中所受的教育，都是代表我们老祖宗几千年来得来的智识学问和经验，所谓进化，就是叫人节省劳力，蜜蜂虽能筑巢，能发明，但传下来就只有这一点智识，没有继续去改革改良，以应付环境，没有做格外进一步的工作。人呢，达不到目的，就再去求进步，而以前人的智识学问和经验做参考。如果每样东西，要个个人从头学起，而不去利用过去的智识，那不是太麻烦吗？所以人有了这智识的遗产，就可以自己去成家立业，就可以缩短工作，使有余力做别的事。

第二点稍复杂，就是为读书而读书。读书不是那么容易的一件事情，不读书不能读书，要能读书才能多读书。好比戴了眼镜，小的可以放大，糊涂的可以看得清楚，远的可以变为近。读书也要戴眼镜。眼镜越好，读书的了解力也越大。王安石对曾子固说："读经而已，则不足以知经。"所以他对于本草，内经，小说，无所不读，这样对于经才可以明白一些。王安石说："致其知而后读。"

请你们注意，他不说读书以致知，却说，先致知而后读书。读书固然可以扩充知识；但知识越扩充了，读书的能力也越大。这便是"为读书而读书"的意义。

试举《诗经》作一个例子。从前的学者把《诗经》看作"美""刺"的圣书，越讲越不通。现在的人应该多预备几副好眼镜——民俗学的眼镜，社会学的眼镜，人类学的眼镜，考古学的眼镜，文法学的眼镜，文学的眼镜。眼镜越多越好，越精越好。例如"野有死麕，白茅包之。有女怀春，吉士诱之"；我们若知道比较民俗学，便可以知道打了野兽送到女子家去求婚，是平常的事。又如"钟鼓乐之，琴瑟友之"，也不必说什么文王太姒，只可看作少年男子在女子的门口或窗下奏乐唱和，这也是很平常的事。再从文法方面来观察，像《诗经》里"之子于归""黄鸟于飞""凤凰于飞"的"于"字，此外，《诗经》里又有几百个的"维"字，还有许多"助词""语词"，这些都是有作用而无意义的虚字，但以前的人却从未注意及此。这些字若不明白，《诗经》便不能懂。再说在《墨子》一书里，有点光学、力学；又有点逻辑、算学、几何学；又有点经济学。但你要懂得光学，才能懂得墨子所说的光；你要懂得各种知识，才能懂得《墨子》里一些最难懂的文句。总之，读书是为了要读书，多读书更可以读书。最大的毛病就在怕读书，怕读难书。越难读的书我们越要征服它们，把它们作为我们的奴隶或向导，我们才能够打倒难书，这才是我们的"读书乐"。若是我们有了基本的科学知识，那么，我们在读书时便能左右逢源。我再说一遍，读书的目的在于读书，要读书越多才可以读书越多。

第三点，读书可以帮助解决困难，应付环境，供给思想材料。知识是思想材料的来源。思想可分作五步。思想的起源是大的疑问。吃饭拉屎不用想，但逢着三岔路口，十字街头那样的环境，就发生困难了。走东或走西，这样做或是那样做，有了困难，才有思想。第二步要把问题弄清，究竟困难在哪一点上。第三步才想到如何解决，这一步，俗话叫作出主意。但主意太多，都采用也不行，必须要挑选。但主意太少，或者竟全无主意，那就更没有办法了。第四步就是要选择一个假定的解决方法。要想到这一个方法能不能解决。若不能，那么，就换一个；若能，就行了。这好比开锁，这一个钥匙开不开，就换一个；假定是可以开的，那么，问题就解决了。第五步就是证实。凡是有条理的思想都要经过这五步，或是逃不了这五个阶级。科学家要解决问题，侦探要侦探案件，多经过这五步。

这五步之中，第三步是最重要的关键。问题当前，全靠有主意 (Ideas)。主意从哪儿来呢？从学问经验中来。没有知识的人，见了问题，两眼白瞪瞪，抓耳挠腮，一个主意都不来。学问丰富的人，见着困难问题，东一个主意，西一个主意，挤上来，涌上来，请求你录用。读书是过去知识学问经验的记录，而知识学问经验就是要用在这时候，所谓养军千日，用在一朝。否则，学问一些都没有，遇到困难就要糊涂起来。例如达尔文把生物变迁现象研究了几十年，却想不出一个原则去整理他的材料。后来无意中看到马尔萨斯的人口论，说人口是按照几何学级数一倍一倍的增加，粮食是按照数学级数增加，达尔文研究了这原则，忽然触机，就把这原则应用到生物学上去，创了物竞天择的学说。读了经济学的书，可以得着一个解决生物学上的困难问题，这便是读书的功用。古人说"开卷有益"，正是此意。读书不是单为文凭功名，只因为书中可以供给学问知识，可以帮助我们解决困难，可以帮助我们思想。又譬如从前的人以为地球是世界的中心，后来天文学家哥白尼却主张太阳是世界的中心，地球绕着而行。据罗素说，哥白尼所以这样的解说，是因为希腊人已经讲过这句话；假使希腊没有这句话，恐怕更不容易有人敢说这句话吧。这也是读书的好处。有一家书店印了一部旧小说叫作《醒世姻缘》，要我作序。这部书是西周生所著的，印好在我家藏了六年，我还不曾考出西周生是谁，这部小说讲到婚姻问题，其内容是这样：有个好老婆，不知何故，后来忽然变坏，作者没有提及解决方法，也没有想到可以离婚，只说是前世作孽，因为在前世男虐待女，女就投生换样子，压迫者变为被压迫者。这种前世作孽，起先相爱，后来忽变的故事，我仿佛什么地方看见过。后来忽然想起《聊斋》一书中有一篇和这相类似的笔记，也是说到一个女子，起先怎样爱着她的丈夫，后来怎样变为凶太太，便想到这部小说大约是蒲留仙或是蒲留仙的朋友做的。去年我看到一本杂记，也说是蒲留仙做的，不过没有多大证据。今年我在北京，才找到证据。这一件事可以解释刚才我所说的第二点，就是读书可以帮助读书，同时也可以解释第三点，就是读书可以供给出主意的来源。当初若是没有主意，到了逢着困难时便要手足无措，所以读书可以解决问题，就是军事、政治、财政、思想等问题，也都可以解决，这就是读书的用处。

我有一位朋友，有一次傍着灯看小说，洋灯装有油，但是不亮，因为灯芯短了。于是他想到《伊索寓言》里有一篇故事，说是一只老鸦要喝瓶中的水，因为瓶太小，得不到水，它就衔石投瓶中，水乃上来。这位朋友是懂得化学的，加水于灯中恐怕不亮，于是投以铜圆，油乃碰到灯芯。这是看《伊索寓言》给他看小说的帮助。读书好像用兵，养兵求其能用，否则即使坐拥十万二十万的大兵也没有用处，难道只好等他们"兵变"吗？

　　至于"读什么书"，下次陈中凡先生要讲演，今天我也附带的讲一讲。我从五岁起到了四十岁，读了三十五年的书。我可以很诚恳地说，中国旧籍是经不起读的。中国有五千年文化，四部的书已是汗牛充栋。究竟有几部书应该读，我也曾经想过。其中有条理有系统的精心结构之作，两千五百年以来恐怕只有半打。"集"是杂货店，"史"和"子"还是杂货店。至于"经"，也只是杂货店，讲到内容，可以说没有一些东西可以给我们改进道德增进知识的帮助的。中国书不够读，我们要另开生路，辟殖民地，这条生路，就是每一个少年人必须至少要精通一种外国文字。读外国语要读到有乐而无苦，能做到这地步，书中便有无穷乐趣。希望大家不要怕读书，起初的确要查阅字典，但假使能下一年苦功，继续不断做去，那么，在一两年中定可开辟一个乐园，还只怕求知的欲望太大，来不及读呢。我总算是老大哥，今天我就根据我过去三十五年读书的经验，给你们这一个临别的忠告。

1930 年 11 月下旬胡适在上海青年会的演讲

找书的快乐

主席、诸位先生：

我不是藏书家，只不过是一个爱读书，能够用书的书生，自己买书的时候，总是先买工具书，然后才买本行书，换一行时，就得另外买一种书。今年我六十九岁了，还不知道自己的本行到底是哪一门。是中国哲学呢，还是中国思想史？抑或是中国文学史？或者是中国小说史？《水经注》？中国佛教思想史？中国禅宗史？我所说的"本行"，其实就是我的兴趣，兴趣愈多就愈不能不收书了。十一年前我离开北平时，已经有一百箱的书，大约有一两万册。离开北平以前的几小时，我曾经暗想着：我不是藏书家，但却是用书家。收集了这么多的书，舍弃了太可惜，带吧，因为坐飞机又带不了。结果只带了一些笔记，并且在那一两万册书中，挑选了一部书，作为对一两万册书的纪念，这一部书就是残本的《红楼梦》。四本只有十六回，这四本《红楼梦》可以说是世界上最老的抄本。收集了几十年的书，到末了只带了四本，等于当兵缴了械，我也变成一个没有棍子，没有猴子的变把戏的叫花子。

这十一年来，又蒙朋友送了我很多书，加上历年来自己新买的书，又把我现在住的地方堆满了，但是这都是些不相干的书，自己本行的书一本也没有。找资料还需要依靠中研院史语所的图书馆和别的图书馆，如台湾大学图书馆、"中央图书馆"等救急。

找书有甘苦，真伪费推敲

我这个用书的旧书生，一生找书的快乐固然有，但是，找不到书的苦处也尝到过。民国九年(1920年)七月，我开始写《水浒传考证》的时候，参考的材料只有金圣叹的七十一回本《水浒传》《征四寇》及《水浒后传》等，至于《水浒传》的一百回本、一百一十回本、一百一十五回本、一百二十回本、一百二十四回本，还都没有看到。等我的《水浒传考证》问世的时候，日本才发现《水浒》的一百一十五回本及一百回本、一百一十回本及一百二十回本。同时我自己也找到了一百一十五回本及一百二十四回本。做考据工作，没有书是很可怜的。考证《红楼梦》的时候，大家知道的材料很多，普通所看到的《红楼梦》都是一百二十回本。这种一百二十回本并非真的《红楼梦》。曹雪芹四十多岁死去时，只写到八十回，后来由程伟元、高鹗合作，一个出钱，一个出力，完成了后四十回。乾隆五十六年的活字版排出了一百二十回的初版本，书前有程、高二人的序文说：

世人都想看到《红楼梦》的全本，前八十回中黛玉未死，宝玉未娶，大家极想知道这本书的结局如何，但却无人找到全的《红楼梦》。近因程、高二人在一卖糖摊子上发现有一大卷旧书，细看之下，竟是世人遍寻无着的《红楼梦》后四十回，因此特加校订，与前八十回一并刊出。

可是天下这样巧的事很少，所以我猜想序文中的说法不可靠。

考证《红楼梦》，清查曹雪芹

三十年前我考证《红楼梦》时，曾经提出两个问题，这是研究红学的人值得研究的：一、《红楼梦》的作者是谁？作者是怎样一个人？他的家世如何？家世传记有没有可考的资料？曹雪芹所写的那些繁华世界是有根据的吗？还是关着门自己胡诌乱说？二、《红楼梦》的版本问题，是八十回，还是一百二十回？后四十回是哪里来的？那时候有七八种《红楼梦》的考证，俞平伯、顾颉刚都帮我找过材料。最初发现乾隆五十七年 (1792 年) 有程伟元序的乙本，其中并有高鹗的序文及引言七条，以后发现早一年出版的甲本，证明后四十回是高鹗所续，而由程伟元出钱活字刊印。又从其他许多材料里知道曹雪芹家为江南的织造世职，专为皇室纺织绸缎，供给宫内帝后、妃嫔及太子、王孙等穿戴，或者供皇帝赏赐臣下，后来在清理故宫时，从康熙皇帝一秘密抽屉内发现若干文件，知道曹雪芹的祖父曹寅，等于皇帝派出的特务，负责察看民心年成，或是退休丞相的动态，由此可知曹家为阔绰大户。《红楼梦》中有一段说到王熙凤和李嬷嬷谈皇帝南巡，下榻贾家，可知是真的事实。以后我又经河南的一位张先生指点，找到杨钟羲的《雪桥诗话》及《八旗经文》，以及有关爱新觉罗宗室敦诚、敦敏的记载，知道曹雪芹名霑、号雪芹，是曹寅的孙子，接着又找到了《八旗人诗抄》《熙朝雅颂集》，找到敦诚、敦敏兄弟赐送曹雪芹的诗，又找到敦诚的《四松堂集》，是一本清抄未删底本，其中有挽曹雪芹的诗，内有"四十年华付杳冥"句，下款年月日为甲申 (即乾隆甲申二十九年，1764 年)。从这里可以知道曹雪芹去世的年代，他的年龄为四十岁左右。

险失好材料，再评《石头记》

民国十六年（1927 年）我从欧美返国，住在上海，有人写信告诉我，要卖一本《脂砚斋评石头记》给我，那时我以为自己的资料已经很多，未加理会。不久以后和徐志摩在上海办新月书店，那人又将书送来给我看，原来是甲戌年手抄再评本，虽然只有十六回，但却包括了很多重要史料。里面有："壬午除夕，书未成，芹为泪尽而逝。甲午八月泪笔"的句子，指出曹雪芹逝于乾隆二十七年冬，即一七六三年二月十二日。"字字看来皆是血，十年辛苦不寻常"诗句，充分描绘出曹雪芹写《红楼梦》时的情态。脂砚斋则可能是曹雪芹的太太或朋友。自从民国十七年（1928 年）二月我发表了《考证红楼梦的新材料》之后，大家才注意到《脂砚斋评本石头记》。不过，我后来又在民国二十二年（1933 年）从徐星署先生处借来一部庚辰秋定本脂砚斋四阅评过的《石头记》，是乾隆二十五年（1760 年）本，八十回，其中缺六十四、六十七两回。

谈《儒林外史》，推赞吴敬梓

现在再谈谈我对《儒林外史》的考证：《儒林外史》是部骂当时教育制度的书，批评政治制度中的科举制度。我起初发现的只有吴敬梓的《文木山房集》中的赋一卷 (4 篇)，诗二卷 (131 首)，词一卷 (47 首)，拿这当作材料。但是在一百年前，我国的大诗人金和，他在跋《儒林外史》时，说他收有《文木山房集》，有文五卷。可是一般人都说《文木山房集》没有刻本，我不相信，便托人在北京的书店找，找了几年都没有结果，到了民国七年（1918年）才在带经堂书店找到。我用这本集子参考安徽《全椒县志》，写成一本一万八千字的《吴敬梓年谱》，中国小说传记资料，没有一个能比这更多的，民国十四年（1925年）我把这本书排印问世。

如果拿曹雪芹和吴敬梓二人做一个比较，我觉得曹雪芹的思想很平凡，而吴敬梓的思想则是超过当时的时代，有着强烈的反抗意识。吴敬梓在《儒林外史》里，严厉地批评教育制度，而且有他的较科学化的观念。

有计划找书，考证神会僧

前面谈到的都是没有计划的找书，有计划的找书更是其乐无穷。所谓有计划的找书，便是用"大胆的假设，小心地求证"方法去找书。现在再拿我找神会和尚的事做例子，这是我有计划的找书。神会和尚是唐代禅宗七祖大师，我从《宋高僧传》的慧能和神会传里发现神会和尚的重要，当时便做了个大胆的假设，猜想有关神会和尚的资料只有日本和敦煌两地可以发现。因为唐朝时，日本派人来中国留学的很多，一定带回去不少史料。经过"小心地求证"，后来果然在日本找到宗密的《圆觉大疏抄》和《禅源诸诠集》，另外又在巴黎的国家图书馆及伦敦的大英博物馆发现数卷神会和尚的资料。知道神会和尚是湖北襄阳人，到洛阳、长安传播大乘佛法，并指陈当时的两京法祖三帝国师非禅宗嫡传，远在广东的六祖慧能才是真正禅宗一脉相传下来的。但是神会的这些指陈不为当时政府所取信，反而贬走神会。刚好那时发生安史之乱，唐玄宗远避四川，肃宗召郭子仪平乱，这时国家财政贫乏，军队饷银只好用度牒代替，如此必须要有一位高僧宣扬佛法令人乐于接受度牒。神会和尚就担任了这项推行度牒的任务。郭子仪收复两京（洛阳、长安），军饷的来源，不得不归功神会。安史之乱平了后，肃宗迎请神会入宫奉养，并且尊神会为禅宗七祖，所以神会是南宗的急先锋，北宗的毁灭者，新禅学的建立者，《坛经》的创作者，在中国佛教史上没有第二个人有这样伟大的功勋。我所研究的《神会和尚全集》可望在明年由"中央研究院"历史语言研究所出版。

最后，根据我个人几十年来找书的经验，发现我们过去的藏书的范围是偏狭的，过去收书的目标集中于收藏古董，小说之类决不在藏书之列。但我们必须了解了解，真正收书的态度，是要无所不收的。

1959 年 12 月 27 日在中国台湾

"中国图书馆学会"年会上的演讲

读书的习惯重于方法

读书会进行的步骤，也可以说是采取的方式大概不外三种：

第一种是大家共同选定一本书来读，然后互相交换自己的心得及感想。

第二种是由下往上的自动方式，就是先由会员共同选定某一个专题，限定范围，再由指导者按此范围拟定详细节目，指定参考书籍。每人须于一定期限内做成报告。

第三种是先由导师拟定许多题目，再由各会员任意选定。研究完毕后写成报告。

至于读书的方法我已经讲了十多年，不过在目前我觉得读书全凭先养成好读书的习惯。读书无捷径，是没有什么简便省力的方法可言的。读书的习惯可分为三点：一是勤，二是慎，三是谦。

勤苦耐劳是成功的基础，做学问更不能欺己欺人，所以非勤不可。其次，谨慎小心也是很重要的，清代的汉学家著名的如高邮王氏父子、段茂堂等的成功，都是遇事不肯轻易放过，旁人看不见的自己便可看见了。如今的放大几千万倍的显微镜，也不过想把从前看不见的东西现在都看见罢了。谦就是态度的谦虚，自己万不可先存一点成见，总要不分地域门户，一概虚心的加以考察后，再决定取舍。这三点都是很要紧的。

其次还有个买书的习惯也是必要的，闲时可多往书摊上逛逛，无论什么书都要去摸一摸，你的兴趣就是凭你伸手乱摸后才知道的。图书馆里虽有许多的书供你参考，然而这是不够的。因为你想往上圈画一下都不能，更不能随便地批写。所以至少像对于自己所学的有关的几本必备书籍，无论如何，就是少买一双皮鞋，这些书是非买不可的。

　　青年人要读书，不必先谈方法，要紧的是先养成好读书、好买书的习惯。

一个最低限度的国学书目

序　言

这个书目是我答应清华学校胡君敦元等四个人拟的。他们都是将要往外国留学的少年。很想在短时期中得着国故学的常识。所以我拟这个书目的时候，并不为国学有根柢的人设想，只为普通青年人想得一点系统的国学知识的人设想。这是我要声明的第一点。

这虽是一个书目，却也是一个法门。这个法门可以叫作"历史的国学研究法"。这四五年来，我不知收到多少青年朋友询问"治国学有何门径"的信。我起初也学着老前辈们的派头，劝人从"小学"入手，劝人先通音韵训诂。我近来忏悔了！那种话是为专家说的，不是为初学人说的；是学者装门面的话，不是教育家引人入胜的法子。音韵训诂之学自身还不曾整理出个头绪系统来，如何可作初学人的入手工夫？十几年的经验使我不能不承认音韵训诂之学只可以作"学者"的工具，而不是"初学"的门径。老实说来，国学在今日还没有门径可说；那些国学有成绩的人大都是下死工夫笨干出来的。死工夫固是重要，但究竟不是初学的门径。对初学人说法，须先引起他的真兴趣，他然后肯下死工夫。在这个没有门径的时候，我曾想出一个下手方法来：就是用历史的线索做我们的天然系统，用这个天然继续演进的顺序做我们治国学的历程。这个书目便是依着这个观念做的。

这个书目的顺序便是下手的法门。这是我要声明的第二点。

这个书目不单是为私人用的，还可以供一切中小学校图书馆及地方公共图书馆之用。所以每部书之下，如有最易得的版本，皆为注出。

（一）工具之部

《书目举要》（周贞亮，李之鼎）南城宜秋馆本。这是书目的书目。
《书目答问》（张之洞）刻本甚多，近上海朝记书庄有石印"增辑本"，最易得。

《四库全书总目提要》附存目录，广东图书馆刻本，又点石斋石印本最方便。

《汇刻书目》（顾修）顾氏原本已不适用，当用朱氏增订本，或上海、北京书店翻印本，北京有益堂翻本最廉。

《续汇刻书目》（罗振玉）双鱼堂刻本。

《史姓韵编》（汪辉祖）刻本稍贵，石印本有两种。此为《二十四史》的人名索引，最不可少。

《中国人名大辞典》商务印书馆出版。

《历代名人年谱》（吴荣光）北京晋华书局新印本。

《世界大事年表》（傅运森）商务印书馆出版。

《历代地理韵编》《清代舆地韵编》（李兆洛）广东图书馆本，又坊刻《李氏五种》本。

《历代纪元编》（六承如）《李氏五种》本。

《经籍籑诂》（阮元等）点石斋石印本可用。读古书者，于寻常字典外，应备此书。

《经传释词》（王引之）通行本。

《佛学大辞典》（丁福保等译编）上海医学书局出版。

（二）思想史之部

《中国哲学史大纲》上卷（胡适）商务印书馆。

二十二子：《老子》《庄子》《管子》《列子》《墨子》《荀子》《尸子》《孙子》《孔子集语》《晏子春秋》《吕氏春秋》《贾谊新书》《春秋繁露》《扬子法言》《文子缵义》《黄帝内经》《竹书纪年》《商君书》《韩非子》《淮南子》《文中子》《山海经》，浙江公立图书馆（即浙江书局）刻本。上海有铅印本亦尚可用。汇刻子书，以此部为最佳。

《四书》（《论语》《大学》《中庸》《孟子》）最好先看白文，或用朱熹集注本。

《墨子间诂》（孙诒让）原刻本，商务印书馆影印本。

《庄子集释》（郭庆藩）原刻本，石印本。

《荀子集注》（王先谦）原刻本，石印本。

《淮南鸿烈集解》（刘文典）商务印书馆出版。

《春秋繁露义证》（苏舆）原刻本。

《周礼》通行本。

《论衡》（王充）通津草堂本（商务印书馆影印）；湖北崇文书局本。

《抱朴子》（葛洪）平津馆丛书本最佳，亦有单行的；湖北崇文书局本。

《四十二章经》金陵刻经处本。以下略举佛教书。

《佛遗教经》同上。

《异部宗轮论述记》（窥基）江西刻经处本。

《大方广佛华严经》（东晋译本）金陵刻经处。

《妙法莲华经》（鸠摩罗什译）同上。

《般若纲要》（葛𪩘）《大般若经》太繁，看此书很够了。扬州藏经院本。

《般若波罗蜜多心经》（玄奘译）。

《金刚般若波罗蜜经》（鸠摩罗什译，菩提流支译，真谛译）以上两书，流通本最多。

《阿弥陀经》（鸠摩罗什译）此书译本与版本皆极多，金陵刻经处有《阿弥陀经要解》（智旭）最便。

《大方广圆觉了义经》（即《圆觉经》）（佛陀多罗译）金陵刻经处白文本最好。

《十二门论》（鸠摩罗什译）金陵刻经处本。

《中论》（同上）扬州藏经院本。

以上两种，为三论宗《三论》之二。

《三论玄义》（隋吉藏撰）金陵刻经处本。

《大乘起信论》（伪书）此虽是伪书，然影响甚大。版本甚多，金陵刻经处有沙门真界纂注本颇便用。

《大乘起信论考证》（梁启超）此书介绍日本学者考订佛书真伪的方法，甚有益。商务印书馆将出版。

《小止观》（一名《童蒙止观》，智𫖮撰）天台宗之书不易读，此书最便初学。金陵刻经处本。

《相宗八要直解》（智旭解）金陵刻经处本。

《因明入正理论疏》（窥基直疏）金陵刻经处本。

《大慈恩寺三藏法师传》（慧立撰）玄奘为中国佛教史上第一伟大人物，此传为中国传记文学之大名著。常州天宁寺本。

《华严原人论》（宗密撰）有正书局有合解本，价最廉。

《坛经》（法海录）流通本甚多。

《古尊宿语录》此为禅宗极重要之书，坊间现尚无单行刻本。

《大藏经》缩刷本腾字四至六。

《宏明集》（梁僧祐集）此书可考见佛教在晋、宋、齐、梁士大夫间的情形。金陵刻经处本。

《韩昌黎集》（韩愈）坊间流通本甚多。

《李文公集》（李翱）《三唐人集》本。

《柳河东集》（柳宗元）通行本。

《宋元学案》（黄宗羲，全祖望等）冯云濠刻本，何绍基刻本，光绪五年长沙重印本。坊间石印本不佳。

《明儒学案》（黄宗羲）莫晋刻本最佳。坊间通行有江西本，不佳。

以上两书，保存原料不少，为宋、明哲学最重要又最方便之书。此下所列，乃是补充这两书之缺陷，或是提出几部不可不备的专家集子。

《直讲李先生集》（李觏）商务印书馆印本。

《王临川集》（王安石）通行本。商务印书馆影印本。

《二程全书》（程颢、程颐）六安涂氏刻本。

《朱子全书》（朱熹）六安涂氏刻本；商务印书馆影印本。

《朱子年谱》（王懋竑）广东图书馆本，湖北书局本。此书为研究朱子最不可少之书。

《陆象山全集》（陆九渊）伤害江左书林铅印本很可用。

《陈龙川全集》（陈亮）通行本。

《叶水心全集》（叶适）通行本。

《王文成公全书》（王守仁）浙江图书馆本。

《困知记》（罗钦顺）嘉庆四年翻明刻本。正谊堂本。

《王心斋先生全集》（王艮）近年东台袁氏编订排印本最好，上海国学保存会寄售。

《罗文恭公全集》（罗洪先）雍正间刻本，《四库全书》本与此不同。

《胡子衡齐》（胡直）此书为明代哲学中一部最有条理又最有精彩之书。《豫章丛书》本。

《高子遗书》（高攀龙）无锡刻本。

《学蔀通辨》（陈建）正谊堂本。

《正谊堂全书》（张伯行编）这部丛书搜集程朱一系的书最多，欲研究"正统派"的哲学的，应备一部，全书六百七十余卷，价约三十元。初刻本已不可得，现行者为同治间初刻本。

《清代学术概论》（梁启超）商务印书馆。

《日知录》（顾炎武）用黄汝成《集释》本。通行本。

《明夷待访录》（黄宗羲）单行本。扫叶山房《梨洲遗著汇刊》本。

《张子正蒙注》（王夫之）《船山遗书》本。

《思问录内外篇》（王夫之）同上。

《俟解》一卷，《噩梦》一卷（王夫之）同上。

《颜李遗书》（颜元，李塨）《畿辅丛书》本可用。北京四存学会增补全书本。

《费氏遗书》（费密）成都唐氏刻本。（北京大学出版部寄售）

《孟子字义疏证》（戴震）《戴氏遗书》本。国学保存会有铅印本，但已卖缺了。

《章氏遗书》（章学诚）浙江图书馆排印本，上海刘翰怡新刻全书本。

《章实斋年谱》（胡适）商务印书馆出版。

《崔东壁遗书》（崔述）道光四年陈履和刻本；《畿辅丛书》本只有《考信录》，亦可够用了。全书现由亚东图书馆重印，不久可出版。

《汉学商兑》（方东树）此书无甚价值，但可考见当日汉宋学之争。单行本，朱氏《槐庐丛书》本。

《汉学师承记》（江藩）通行本，附《宋学师承记》。

《新学伪经考》（康有为）光绪辛卯初印本；新刻本只增一序。

《史记探源》（崔适）初刻本；北京大学出版部排印本。

《章氏丛书》（章炳麟）康宝忠等排印本；浙江图书馆刻本。

（三）文学史之部

《诗经集传》（朱熹）通行本。

《诗经通论》（姚际恒）闻商务印书馆将重印。

《诗本谊》（龚橙）浙江图书馆《半广丛书》本。

《诗经原始》（方玉润）闻商务印书馆不久将有重印本。

《诗毛氏传疏》（陈奂）《清经解续编》卷七百七十八以下。

《檀弓》，《礼记》第二篇。

《春秋左氏传》通行本。

《战国策》，商务印书馆有铅印补注本。

《楚辞集注》，附《辨证后语》（朱熹）通行本；扫叶山房有石印本。

《全上古三代秦汉三国六朝文》（严可均编）广雅局本。此书搜集最富，远胜于张溥的《汉魏六朝百三家集》。

《全汉三国晋南北朝诗》（丁福保编）上海医学书局出版。

《古文苑》（章樵注）江苏书局本。

《续古文苑》（孙星衍编）江苏书局本。

《文选》（萧统编）上海会文堂有石印胡刻李善注本最方便。

《文心雕龙》（刘勰）原刻本；通行本。

《乐府诗集》（郭茂倩编）湖北书局刻本。

《唐文粹》（姚铉编）江苏书局本。

《唐文粹补遗》（郭麟编）同上。

《全唐诗》（康熙朝编）扬州原刻本，广州本，石印本，五代词亦在此中。

《宋文鉴》（吕祖谦编）江苏书局本。

《南宋文范》（庄仲方编）同上。

《南宋文录》（董兆熊编）同上。

《宋诗抄》（吕留良、吴之振等编）商务印书馆本。

《宋诗抄补》（管庭芬等编）商务印书馆本。

《宋六十家词》（毛晋编）汲古阁本，广州刊本，上海博古斋石印本。

《四印斋王氏所刻宋元人词》（王鹏运编刻）原刻本，板存北京南阳山房。

《疆邨所刻词》（朱祖谋编刻）原刻本。王、朱两位刻的词集都很精，这是近人对于文学史料上的大贡献。

《太平乐府》（杨朝英编）《四部丛刊》本。

《阳春白雪》（杨朝英编）南陵徐氏《随庵丛书》本。

以上两种为金元人曲子的选本。

《董解元弦索西厢》（董解元）刘世衍、暖红室汇刻传奇本。

《元曲选一百种》（臧晋叔编）商务印书馆有影印本。

《金文最》（张金吾编）江苏书局本。

《元文类》（苏天爵编）同上。

《宋元戏曲史》（王国维）商务印书馆本。

《京本通俗小说》 这是七种南宋的话本小说，上海蟫隐庐《烟画东堂小品》本。

《宣和遗事》《士礼居丛书》本；商务印书馆有排印本。

《五代史平话》残本 董康刻本。

《明文在》（薛熙编）江苏书局本。

《列朝诗集》（钱谦益编）国学保存会排印本。

《明诗综》（朱彝尊编）原刻本。

《六十种曲》（毛晋编刻）汲古阁本。此书善本已不易得。

《盛明杂剧》（沈泰编）董康刻本。

《暖红室汇刻传奇》（刘世珩编刻）原刻本。

《笠翁十二种曲》（李渔）原刻巾箱本。

《九种曲》（蒋士铨）原刻本。

《桃花扇》（孔尚任）通行本。

《长生殿》（洪昇）通行本。

清代戏曲多不胜举；故举李、蒋两集，孔、洪两种历史戏，作几个例而已。

《曲苑》上海古书流通处编印本。此书汇集关于戏曲的书十四种，中如焦循《剧说》，如梁辰鱼《江东白苎》，皆不易得。石印本价亦廉，故存之。

《缀白裘》这是一部传奇选本，虽多是零篇，但明末清初的戏曲名著都有代表的部分存在此中。在戏曲总集中，这也是一部重要书了。通行本。

《曲录》（王国维）《晨风阁丛书》本。

《湖海文传》(王昶编)所选都是清朝极盛时代的文章，最可代表清朝"学者的文人"的文学。原刻本。

《湖海诗传》（王昶编）原刻本。

《鲒埼亭集》（全祖望）借树山房本。

《惜抱轩文集》（姚鼐）通行本。

《大云山房文稿》（恽敬）四川刻本，南昌刻本。

《文史通义》（章学诚）贵阳刻本，浙江局本，铅印本。

《龚定庵全集》（龚自珍）万本书堂刻本。国学扶轮社本。

《曾文正公文集》（曾国藩）《曾文正全集》本。

清代古文专集，不易选择，我经过很久的考虑，选出全、姚、恽、章、龚、曾六家来作例。

《吴梅村诗》（吴伟业）《梅村家藏稿》（董康刻本，商务印书馆影印本）本，无注；此外有靳荣藩《吴诗集览》本，有吴翌凤《梅村诗集笺注》本。

《瓯北诗钞》（赵翼）《瓯北全集》本，单行本。

《两当轩诗钞》（黄景仁）光绪二年重刻本。

《巢经巢诗抄》（郑珍）贵州刻本；北京有翻刻本，颇有误字。

《秋蟪吟馆诗钞》（金和）铅印全本；家刻本略有删减。

《人境庐诗钞》（黄遵宪）日本铅印本。

清代诗也很难选择。我选梅村代表初期，瓯北与仲则代表乾隆一期；郑子尹与金亚匏代表道、咸、同三期；黄公度代表末年的过渡时期。

明清两朝小说：

《水浒传》亚东图书馆三版本。

《西游记》（吴承恩）亚东图书馆再版本。

《三国志》亚东图书馆本。

《儒林外史》（吴敬梓）亚东图书馆四版本。

《红楼梦》（曹霑）亚东图书馆三版本。

《水浒后传》（陈忱，自署古宋遗民）此书借宋徽、钦二帝事来写明末遗民的感慨，是一部极有意义的小说。亚东图书馆《水浒续集》本。

《镜花缘》（李汝珍）此书虽有"掉书袋"的毛病，但全篇为女子争平等的待遇，确是一部很难得的书。亚东图书馆本。

以上各种，均有胡适的考证或序，搜集了文学史的材料不少。

《今古奇观》通行本。可代表明代的短篇。

《三侠五义》此书后经俞樾修改，改名《七侠五义》。此书可代表北方的义侠小说。旧刻本《七侠五义》流通本较多。亚东图书馆不久将有重印本。

《儿女英雄传》（文康）蜚英馆石印本最佳；流通本甚多。

《九命奇冤》（吴沃尧）广智书局铅印本。

《恨海》（吴沃尧）通行本甚多。

《老残游记》（刘鹗）商务印书馆铅印本。

以上略举十三种，代表四五百年的小说。

《五十年来的中国文学》（胡适）。

（跋）文学史一部，注重总集；无总集的时代，或总集不能包括的文人，始举别集。因为文集太多，不易收买，尤不易遍览，故为初学人及小图书馆计，皆宜先从总集下手。

青年人的苦闷

今年六月二日早晨，一个北京大学一年级学生，在悲观与烦闷之中，写了一封很沉痛的信给我。这封信使我很感动，所以我在那个六月二日的半夜后写了一封一千多字的信回答他。

我觉得这个青年学生诉说他的苦闷不仅是他一个人感受的苦闷，他要解答的问题也不仅是他一个人要问的问题。今日无数青年都感觉大同小异的苦痛与烦闷，我们必须充分了解这件绝不容讳饰的事实，我们必须帮助青年人解答他们渴望解答的问题。

这个北大一年级学生来信里有这一段话：

> 生自小学毕业到中学，过了八年沦陷生活，苦闷万分，夜中偷听后方消息，日夜企盼祖国胜利，在深夜时暗自流泪，自恨不能为祖国做事。但胜利后，我们接收大员及政府所表现的，实在太不像话……生从沦陷起对政府所怀各种希望完全变成失望，且曾一度悲观到萌自杀的念头……自四月下旬物价暴涨，同时内战更打得起劲。生亲眼见到同胞受饥饿而自杀，以及内战的残酷，联想到祖国的今后前途，不禁悲从中来，原因是生受过敌人压迫，实再怕做第二次亡国奴……我伤心，我悲哀，同时绝望——

> 在绝望的最后几分钟，问您几个问题。

他问了我七个问题，我现在挑出这三个：

一、国家是否有救？救的方法如何？

二、国家前途是否绝望？若有，希望在哪里？请具体示知。

三、青年人将苦闷死了，如何发泄？

以上我摘抄这个青年朋友的话，以下是我答复他的话的大致，加上后来我自己修改引申的话。这都是我心里要对一切苦闷青年说的老实话。

我们今日所受的苦痛，都是我们这个民族努力不够的当然结果。我们事事不如人：科学不如人，工业生产不如人，教育不如人，知识水准不如人，社会政治组织不如人；所以我们经过了八年的苦战，大破坏之后，恢复很不容易。人家送兵船给我们，我们没有技术人才去驾驶。人家送工厂给我们，——如胜利之后敌人留下了多少大工厂，——而我们没有技术人才去接收使用，继续生产，所以许多烟囱不冒烟了，机器上了锈，无数老百姓失业了！

青年人的苦闷失望——其实岂但青年人苦闷失望吗？——最大原因都是因为我们前几年太乐观了，大家都梦想"天亮"，都梦想一旦天亮之后就会"天朗气清，惠风和畅"，有好日子过了！

这种过度的乐观是今日一切苦闷悲观的主要心理因素。大家在那"夜中偷听后方消息，日夜企盼祖国胜利"的心境里，当然不会想到战争是比较容易的事，而和平善后是最困难的事。在胜利的初期，国家的地位忽然抬高了，从一个垂亡的国家一跳就成了世界上第四强国了！大家在那狂喜的心境里，更不肯去想想坐稳那世界第四把交椅是多大困难的事业。天下哪有科学落后，工业生产落后，政治经济社会组织事事落后的国家可以坐享世界第四强国的福分！

试看世界的几个先进国家，战胜之后，至今都还不能享受和平的清福，都还免不了饥饿的恐慌。美国是唯一的例外。前年十一月我到英国，住在伦敦第一等旅馆里，整整三个星期，没有看见一个鸡蛋！我到英国公教人员家去，很少人家有一盒火柴，却只用小木片向炉上点火供客。大多数人的衣服都是旧的补丁的。试想英国在三十年前多么威风！在第二次世界大战之中，英国人一面咬牙苦战，一面都明白战胜之后英国的殖民地必须丢去一大半，英国必须降为二等大国，英国人民必须吃大苦痛。但英国人的知识水准高，大家绝不悲观，都能明白战后恢复工作的巨大与艰难，必须靠大家束紧裤带，挺起脊梁，埋头苦干。

我们中国今日无数人的苦闷悲观，都由于当年期望太奢而努力不够。我们在今日必须深刻的了解：和平善后要比八年抗战困难的多多。大战时须要吃苦努力，胜利之后更要吃苦努力，才可以希望在十年二十年之中做到一点复兴的成绩。

国家当然有救，国家的前途当然不绝望。这一次日本的全面侵略，中国确有亡国的危险。我们居然得救了。现存的几个强国，除了一个国家还不能使我们完全放心之外，都绝对没有侵略我们的企图。我们的将来全靠我们自己今后如何努力。

正因为我们今日的种种苦痛都是从前努力不够的结果，所以我们将来的恢复与兴盛绝没有捷径，只有努力工作一条窄路，一点一滴的努力，一寸一尺的改善。

悲观是不能救国的，呐喊是不能救国的，口号标语是不能救国的，责人而自己不努力是不能救国的。

我在二十多年前最爱引易卜生对他的青年朋友说的一句话："你要想有益于社会，最好的法子莫如把自己这块材料铸造成器。"我现在还要把这句话赠送给一切悲观苦闷的青年朋友。社会国家需要你们做最大的努力，所以你们必须先把自己这块材料铸造成有用的东西，方才有资格为社会国家努力。

今年四月十六，美国南卡罗来纳州的州议会举行了一个很隆重的典礼，悬挂本州最有名的公民巴鲁克（Bernard M. Baruch）的画像在州议会的壁上，请巴鲁克先生自己来演说。巴鲁克先生今年七十七岁了，是个犹太种的美国大名人。当第一次世界大战时，威尔逊总统的国防顾问，是原料委员会的主任，后来专管战时工业原料。巴黎和会时，他是威尔逊的经济顾问。当第二次世界大战时，他是战时动员总署的专家顾问，是罗斯福总统特派的人造橡皮研究委员会的主任。战争结束后，他是总统特任的原子能管理委员会的主席。他是两次世界大战都曾出大力有大功的一个公民。

这一天，这位七十七岁的巴鲁克先生起来答谢他的故乡同胞对他的好意，他的演说辞是广播全国对全国人民说的。他的演说，从头至尾，只有一句话：美国人民必须努力工作，必须为和平努力工作，必须比战时更努力工作。

巴鲁克先生说："现在许多人说借款给人可以拯救世界，这是一个最大的错觉。只有人们大家努力做工可以使世界复兴，如果我们美国愿意担负起保存文化的使命，我们必须做更大的努力，比我们四年苦战还更大的努力。我们必须准备出大汗，努力撙节，努力制造世界人类需要的东西，使人们有面包吃，有衣服穿，有房子住，有教育，有精神上的享受，有娱乐。"

他说："工作是把苦闷变成快乐的炼丹仙人。"他又说，美国工人现在的工作时间太短了，不够应付世界的需要。他主张：如果不能回到每周六天，每天八小时的工作时间，至少要大家同心做到每周四十四小时的工作；不罢工，不停顿，才可以做出震惊全世界的工作成绩来。

巴鲁克先生最后说："我们必须认清：今天我们正在四面包围拢来的通货膨胀的危崖上，只有一条生路，那就是工作。我们生产越多，生活费用就越减低；我们能购买的货物也就越加多，我们的剩余力量（物质的，经济的，精神的）也就越容易积聚。"

我引巴鲁克先生的演说，要我们知道，美国在这极强盛极光荣的时候，他们远见的领袖还这样力劝全国人民努力工作。"工作是把苦闷变成快乐的炼丹仙人。"我们中国青年不应该想想这句话吗？

领袖人才的来源

北京大学教授孟森先生前天寄了一篇文字来，题目是论"士大夫"（见《独立》第十二期）。他下的定义是：

> "士大夫"者，以自然人为国负责，行事有权，败事有罪，
>
> 无神圣之保障，为诛殛所可加者也。

虽然孟先生说的"士大夫"，从狭义上说，好像是限于政治上负大责任的领袖，然而他又包括孟子说的"天民"一级不得位而有绝大影响的人物，所以我们可以说，若用现在的名词，孟先生文中所谓"士大夫"应该可以叫作"领袖人物"，省称为"领袖"。孟先生的文章是他和我的一席谈话引出来的，我读了忍不住想引申他的意思，讨论这个领袖人才的问题。

孟先生此文的言外之意是叹息近世居领袖地位的人缺乏真领袖的人格风度，既抛弃了古代"士大夫"的风范，又不知道外国的"士大夫"的流风遗韵，所以成了一种不足表率人群的领袖。他发愿要搜集中国古来的士大夫人格可以做后人模范的，做一部《士大夫集传》；他又希望有人搜集外国士大夫的精华，做一部《外国模范人物集传》。这都是很应该做的工作，也许是很有效用的教育材料。我们知道《新约》里的几种耶稣传记影响了无数人的人格；我们知道普鲁塔克（Plutarch）的英雄传影响了后世许多的

人物。欧洲的传记文学发达的最完备，历史上重要人物都有很详细的传记，往往有一篇传记长至几十万言的，也往往有一个人的传记多至几十种的。这种传记的翻译，倘使有审慎的选择和忠实明畅的译笔，应该可以使我们多知道一点西洋的领袖人物的嘉言懿行，间接的可以使我们对西方民族的生活方式得一点具体的了解。

中国的传记文学太不发达了，所以中国的历史人物往往只靠一些干燥枯窘的碑版文字或史家列传流传下来；很少的传记材料是可信的，可读的已很少了；至于可歌可泣的传记，可说是绝对没有。我们对于古代大人物的认识，往往只全靠一些很零碎的轶事琐闻。然而我至今还记得我做小孩子时代读的朱子《小学》里面记载的几个可爱的人物，如汲黯、陶渊明之流。朱子记陶渊明，只记他做县令时送一个长工给他儿子。附去一封家信，说："此亦人子也，可善遇之。"这寥寥九个字的家书，印在脑子里，也颇有很深刻的效力，使我三十年来不敢轻用一句暴戾的辞气对待那帮我做事的人。这一个小小例子可以使我承认模范人物的传记，无论如何不详细，只需剪裁的得当，描写的生动，也未尝不可以做少年人的良好教育材料，也未尝不可介绍一点做人的风范。

但是传记文学的贫乏与忽略，都不够解释为什么近世中国的领袖人物这样稀少而又不高明。领袖的人才绝不是光靠几本《士大夫集传》就能铸造成功的。"士大夫"的稀少，只是因为"士大夫"在古代社会里自成一个阶级，而这个阶级久已不存在了。在南北朝的晚期，颜之推说：

　　　　吾观《礼经》，圣人之教，箕帚匕箸，咳唾唯诺，执烛沃盥，
　　皆有节文，亦为至矣。但（《礼经》）既残缺非复全书，其有所

不载，及世事变改者，学达君子自为节度，相承行之。故世号"士
大夫风操"。而家门颇有不同，所见互称长短。然其阡陌亦自可知。
（《颜氏家训·风操》第六）

在那个时代，虽然经过了魏、晋旷达风气的解放，虽然经过了多少战
祸的摧毁，"士大夫"的阶级还没有完全毁灭，一些名门望族都竭力维持
他们的门阀。帝王的威权，外族的压迫，终不能完全消灭这门阀自卫的阶
级观念。门阀的争存不全靠声势的煊赫，子孙的贵盛。他们所倚靠的是那"士
大夫风操"，即是那个士大夫阶级所用来律己律人的生活典型。即如颜氏
一家，遭遇亡国之祸，流徙异地，然而颜之推所最关心的还是"整齐门内，
提撕子孙"，所以他著作家训，留作他家子孙的典则。隋唐以后，门阀的
自尊还能维持这"士大夫风操"至几百年之久。我们看唐朝柳氏和宋朝吕氏、
司马氏的家训，还可以想见当日士大夫的风范的保存是全靠那种整齐严肃
的士大夫阶级的教育的。

然而这士大夫阶级始终被科举制度和别种政治和经济的势力打破了。
元、明以后，三家村的小儿只消读几部刻板书，念几百篇科举时文，就可
以有登科做官的机会；一朝得了科第，像《红鸾禧》戏文里的丐头女婿，
自然有送钱投靠的人来拥戴他去走马上任。他从小学的是科举时文，从来
没有梦见过什么古来门阀里的"士大夫风操"的教育与训练，我们如何能
期望他居士大夫之位要维持士大夫的人品呢？

以上我说的话，并不是追悼那个士大夫阶级的崩坏，更不是希冀那种
门阀训练的复活。我要指出的是一种历史事实。凡成为领袖人物的，固然

必须有过人的天资做底子，可是他们的知识见地，做人的风度，总得靠他们的教育训练。一个时代有一个时代的"士大夫"，一个国家有一个国家的范型式的领袖人物。他们的高下优劣，总都逃不出他们所受的教育训练的势力。某种范型的训育自然产生某种范型的领袖。

这种领袖人物的训育的来源，在古代差不多全靠特殊阶级（如中国古代的士大夫门阀，如日本的贵族门阀，如欧洲的贵族阶级及教会）的特殊训练。在近代的欧洲则差不多全靠那些训练领袖人才的大学。欧洲之有今日的灿烂文化，差不多全是中古时代留下的几十个大学的功劳。近代文明有四个基本源头：一是文艺复兴，二是十六七世纪的新科学，三是宗教革新，四是工业革命。这四个大运动的领袖人物，没有一个不是大学的产儿。中古时代的大学诚然是幼稚的可怜，然而意大利有几个大学都有一千年的历史；巴黎，牛津，剑桥都有八九百年的历史；欧洲的有名大学，多数是有几百年的历史的；最新的大学，如莫斯科大学也有一百八十多年了，柏林大学是一百二十岁了。有了这样长期的存在，才有积聚的图书设备，才有集中的人才，才有继长增高的学问，才有那使人依恋崇敬的"学风"。至于今日，西方国家的领袖人物，哪一个不是从大学出来的？即使偶有三五个例外，也没有一个不是直接间接受大学教育的深刻影响的。

在我们这个不幸的国家，一千年来，差不多没有一个训练领袖人才的机关。贵族门阀是崩坏了，又没有一个高等教育的书院是有持久性的，也没有一种教育是训练"有为有守"的人才的。五千年的古国，没有一个三十年的大学！八股试帖是不能造领袖人才的，做书院课卷是不能造领袖人才的，当日最高的教育——理学与经学考据——也是不能造领袖人才的。现在这些东西都快成了历史陈迹了，然而这些新起的"大学"，东抄西袭的课程，朝三暮四的学制，七零八落的设备，四成五成的经费，朝秦暮楚的校长，东家宿而西家餐的教员，十日一雨五日一风的学潮——也都还没有造就领袖人才的资格。

丁文江先生在《中国政治的出路》（《独立》第十一期）里曾指出"中国的军事教育比任何其他的教育都要落后"，所以多数的军人都"因为缺乏最低的近代知识和训练，不足以担任国家的艰巨"。其实他太恭维"任何其他的教育"了！茫茫的中国，何处是训练大政治家的所在？何处是养成执法不阿的伟大法官的所在？何处是训练财政经济专家学者的所在？何处是训练我们的思想大师或教育大师的所在？

领袖人物的资格在今日已不比古代的容易了。在古代还可以有刘邦、刘裕一流的枭雄出来平定天下，还可以像赵普那样的人妄想用"半部《论语》治天下"。在今日的中国，领袖人物必须具备充分的现代见识，必须有充分的现代训练，必须有足以引起多数人信仰的人格。这种资格的养成，在今日的社会，除了学校，别无他途。

我们到今日才感觉整顿教育的需要，真有点像"临渴掘井"了。然而治七年之病，终须努力求三年之艾。国家与民族的生命是千万年的。我们在今日如果真感觉到全国无领袖的苦痛，如果真感觉到"盲人骑瞎马"的危机，我们应当深刻的认清只有咬定牙根来彻底整顿教育，稳定教育，提高教育一条狭路可走。如果这条路上的荆棘不扫除，虎狼不驱逐，奠基不稳固；如果我们还想让这条路去长久埋没在淤泥水潦之中——那么，我们这个国家也只好长久被一班无知识无操守的浑人领导到沉沦的无底地狱里去了。

治 学 方 法

在这样的热天，承诸位特别跑到这里来听我来讲话，我是觉得非常的感激。青年会的几位先生，特地组织这一个青年读书互助会，并且发起这样一个演讲周，亦非常值得赞助。在我个人，以为能够几个青年，互相的团结起来，组织读书会，或者一人读一本书，拿心得贡献给其他的会员，或者几个人读一本书，将大家所得到的结果提出来互相讨论都是非常之好，非常之好的。可是请几个人来讲演，以为这样就达到了读书会的目的，做到了读书的目的，却是未必的。今天我来讲这个"治学方法"，实在是勉强的，因为作作演讲并不是就是读书会的目的，而且这题目也空泛得无人可讲。我们知道，各种学问，都有他治学的方法，比如天文，地理，医学，社会科学，各有各的治学方法，而我居然说"治学方法"，包括得如此其广，要讲起来那就是发疯，夸大狂。但是学问的种类虽是如此其多，贯于其中的一个"基本方法"，却是普遍的，这个"基本方法"，也可以说是，或者毋宁说是方法的习惯，是共同的，是普遍的。历史上无数在天文学上，在哲学上，在社会科学上，凡是有大成就的，都是因为有方法的习惯。

三百年以前，培根说了句很聪明的话，他说，世上治学的人可分为三种，那就是，第一，蜘蛛式的，亦是靠自己肚子里分泌出丝来，把网作得很美很漂亮，也很有经纬，下点雨的时候，网上挂着雨丝，从侧面看过去，那种斜光也是很美。但是虽然好，那点学问却只是从他自己的肚子造出来的。第二种是蚂蚁式的，只知道集聚，这里有一颗米，把它三三两两地抬了去，死了一个苍蝇，也把它抬了去，在地洞里堆起很多东西，能消化不能消化却不管，有用没用也是不管，这是勤力而理解不足。第三种是蜜蜂式的，这种最高，蜜蜂采了花去，更加上一度制造，取其精华而去其糟粕，是经过改造制造出新的成绩的，孔子说过，学而不思则罔，思而不学则怠。蜜蜂的方法，是又学又思，是理想的作学方法。

一个人有天才，自然能够使他的事业得到成功，然而有天才的人，却很少很少，天才不够的人，如果能用功，有方法的训练，虽然不敢说能够赶得上天才一样的成就大，而代替天才一部分，却是可以说的，至于那些各种科学上的大伟人，那差不多天才与功力相并相辅，是千万人中之一人。

现在说到本题，治学。第一步，我们所需要的是工具，种田要种田的工具，做工要做工的工具，打仗要有武器，也是工具。先要把工具弄好，才能开步走。治学最重要的工具就是自己的能力，基本能力，本国的语言文字，我们可以得到本国所有的东西，外国的语言文字，我们可以从中得到外国的知识，得到过去所集聚下来的东西，完全要靠这一方面。其他就是基本知识，从中学到大学，给了我们的都是这东西，这是一把总的钥匙，尽管我们不熟练于证一个几何三角，尽管我们不能知道物理化学各个细则，但是我们要在必需要应用到的时候能够拿来用，能够对这些有理解。再其次就是设备，无论是卖田卖地卖首饰，我们总要把最基本的设备齐全，一些应用的辞典、表册、目录是必需的。同时，治学的人差不多是穷士居多，很多的书不能都买全，所以就要知道我们周围的，代替我们设备的有些什么，比如北平的图书馆，那里边有些什么书能够被我所应用，比方说，协和医校制备些什么专门的书籍，以及某家藏有某种不轻易得到的秘典，某处有着某种我所需要的设备，这些这些，我们都要看清楚。

第三步就是习惯的养成，这可以分四点来讲，第一是不要懒，无论是做工也好，种田也好，都不要懒，懒是最要不得的，学问更其如此。多用眼，不要拿人家的眼当自己的眼，多用手，耳，甚至多用自己的脚，在需要的时候，就要自己去跑一趟，必须要用自己的眼看过，自己的耳听过，自己的手摸过，甚至自己的脚走到过，这样才能称是自己的东西，才真是自己得来的。如果你要懒，那就要大懒，不要小懒，那意思就是要一劳永逸，比如说我实在懒得不得了，字典又是这样的不好查，那我就自己去作一部字典出来，那以后就可以贯彻你的懒，字典拿起来，一翻就翻着。有种种的发明的人，不是大不懒就是大懒，比方说是佛教是什么，你必须自己去翻过书，比方说我今天要跑到这里来讲讲辩证法是什么，那你一定用过眼、手、脚。把问题弄清楚，作提要作札记，这样，即使你是错误的，然而这是你的，不是别人的。第二是不苟且，上海人所谓不拆烂污，我们要一个不放过，一句不放过，一点一画不放过。在数学上一个"0"不放过，光是会用手，用脚，那是毛手毛脚没有用，勤要勤得好不要勤得没有用，如果我有权能够命令诸位一定读哪本书，我就要诸位读《巴斯德传》，他就是不苟且，他就是注意极小极小百万分千万分之一的东西，一坛酒坏了，巴斯德找出了原因是一点点小的霉菌的侵入，一次，蚕忽然都得了病差不多就损失到二亿佛郎，那原因就是在于一点点的百万分千万分之一的一个小黄点，那是要显微镜才能看得出来的，后来找着了病，又费了几年之力，又找着了它的治法，那就是蚕吐了丝之后，变蛹，变蛾，然后蛾在生卵，就用这个蛾钉起来，弄干，拿显微镜照，如果蛾的身上发现了那种极小极小的黄点，那这个蛾所产的卵都把它烧了，就用了这个方法，省去了无数的不必需的损失，这就是一点不放过，一点不放过才能找出病源，这是真确，这是细腻。第三点就是不要轻于相信，要怀疑，要怀疑书，要怀疑人，要怀疑自己，不要轻于相信人家，"先小人而后君子"，所谓"三个不相信出个大圣人"我对这话非常佩服，所谓"打破个砂锅问到底"，都是告诉我们要怀疑，不要太迷信了自己的手眼，要相信比我们手眼精确到一百万倍一千万倍的显微镜望远镜，不要相信蔡元培，或者相信一个胡适之，无论有怎样大的名望的人，也许有错。为什么人家说六月六洗澡特别好，当铺里也要在六月六晒衣服，为什么？我们不要轻于相信有许多在我们脑子里的知识，许多小孩子时代由母亲哥哥姐姐，甚至老妈子洋车夫告诉给我们的，或者是学堂里的老师，阿毛阿狗告诉你的不一定对，王妈李妈也不一定对，周老师陈老师说的话也许有错，我们说"拿证据来"！鬼，我们自然不相信了，但是许多可信程度与鬼差不多的，我们还在相信，这不好。"三个不相信，出个大圣人"！这是谦卑，自以为满足了，那就不需要了，也就没有进步了，我们要有无穷尽的求知欲，要有无穷尽的虚，什么是虚？就是有空的地方，让新的东西进去。总上所说，习惯养成的大概就是如此。要有了习惯的养成，才能去做学问。

我们普遍都知道的有什么归纳法、演绎法，归纳是靠现成的材料把他集合起来，而演绎法则是由具体的事物推测到新的结果，打个比方，今天我们在协和大礼堂讲演，就拿本地风光治病来说，某病用某药，某病用某药，都是清清楚楚，但为什么这就是猩红热，而不是虎列拉，不是疟疾，那就是因为我们知道猩红热有某种某种症状归纳起来得出的结论，同时我们如果知道病理生理那我们就可以知道某部分损害了，就可以得出某种结果，就可以经旧的知识里得出新的结论，要做到这步必须要有广博的知识。古人说，开卷有益，古人留下来的一些现成东西我们为什么不去求？不仅是自己本行内的知识要去求，即是不与本行相反的也要去求，王荆公说："致其知而后识。"所以要博。墨子、老子的书，从前有些不能懂，到了嘉庆年间算学的传入知道里边也有算学，随后光学力学传入，再以后逻辑学、经济学传入，才知道墨子里边也有光学，也有力学，以及逻辑学、经济学，越是知道得多，了解一个事物一个问题越深。头脑简单的人，拿起一个问题很好解决，比方说社会不好，那干脆来个革命，容易得很，等到知道多一点，他解决的方法也就来得精密。巴斯德，他是学有机化学，发明霉菌，研究得深了，那这一学问就牵涉到一切的学问上去，和生理学、地质学等都可以发生关系，因为他博，所以蚕病了他可以治，酒酸了或者醋不酸了，他也可以治，其实他并没有研究过蚕酒学，动物学家也许不能治他却能治。据说牛顿发明"万有引力"，是因为见到苹果掉在地上，我们也都看见过苹果落在地上，可是我们就没有发明"万有引力"。巴斯德说过（讲学问我总喜欢说到巴斯德）："在考查研究范围之内，机会，帮助有准备的心。"牛顿的心是有准备的，我们则没有准备。从前我看察尔斯的《世界史纲》，觉得内容太博，这里一个定理，那里一个证明，抓来就能应用，真是左右逢源，俯拾即是。其次，我们就要追求问题，一些有创造有发明的人，都是从追求问题而来，如果诸位说先生不给问题，你们要打倒先生，学校里没有书设备给你们解决问题，要打倒学校，这是千对万对。我是非常赞成，就是因为追求问题是千对万对，我举一个例，有一天我上庐山，领了一个小孩，

　　那小孩有七八岁，当时我带了一副骨牌，三十二张的骨牌，预备过五关消遣，那小孩就拿骨牌在那里接龙，他告诉我把三十二牌接起来，一定一头是二，一头是五，我问他试过几回吗，他说试过几回，我一试，居然也如此。这就是能提出问题，宇宙间的问题，多得很，只要能出问题，终究就能得到结果，自然骨牌的问题是很好解决，就是牌里面只有二头与五头是单数，其他都是双数，问题发生，就得到新的发现，新的知识。有一次我给学生考逻辑学，我说，我只考你们一个问题，把过去你们以自己的经验解决了问题的一件事告诉我。其中一个答得很有意思。他晚上看小说，煤油灯忽然灭了，但是灯里面还有油，原因是灯带短吸不起油，这怎么办呢，小说不能看完，如果灯底下放两个铜子垫起来，煤油也仍是不会上来的，他后来忽然想起从先学校里讲过煤油是比水轻，所以他就在里边灌上水，油跑到上面，灯带吸着油，小说看完了。这都是从实际里提出问题得到新的学问。

　　所以无论是学工业，学农业，学经济，第一就是提出问题，第二就是提出许多假定的解决，第三就是提出假定解决人（甲、乙、丙），最后求得证实，如果你不能从旧的里面得出新的东西来，以前所学即是无用，所谓"养兵千日用在一朝"，就如我说煤油灯这一个故事。

　　最后还要说一点，书本子的路，我现在觉得是走不通了，那只能给少数的人，作文学，作历史用的，我们现在所缺的，是动手，报纸上宣传着学校里要取消文科法科，那不过是纸上谈兵，事实上办不到。如果能够办到，我是非常赞成，我们宁可能够打钉打铁，目不识丁，不要紧，只是在书堆里钻，在纸堆里钻，就只能做作作像。我胡适之这样的考据家，一点用没有。中国学问并不是比外国人差，其实也很精密，可是中国的顾亭林等学者在那里考证音韵，为了考证古时这个字，读这个音不是读那个音，不惜举上一百六七十个例！可是外国牛顿，他们都在注意苹果掉地，在发明望远镜、显微镜，看天看地，看大看到无穷，看小也看到无穷，能和宇宙间的事物混作一片，那才是做学问的真方法。

到这里差不多讲完了，在上面我举了培根所说的三个畜生，这里我再加上一对畜生，来比方治学的方法，你们都知道龟兔赛跑的故事，兔子虽然有天才，却不能像乌龟那样拼命地爬，所以达到目的的是乌龟而不是兔子，治学的方法也是如此。宁可我们没有天才拼命地努力，不可自恃天才去睡一大觉，宁可我们做乌龟，却不可去当兔子，所以我们的口号是："兔子学不得，乌龟可学也！"自然最好是能够龟兔合而为一。

归 国 杂 感

　　我在美国动身的时候，有许多朋友对我道："密司忒胡，你和中国别了七个足年了，这七年之中，中国已经革了三次的命，朝代也换了几个了。真个是一日千里的进步。你回去时，恐怕要不认得那七年前的老大帝国了。"我笑着对他们说道："列位不用替我担忧。我们中国正恐怕进步太快，我们留学生回去要不认得他了，所以他走上几步，又退回几步。他正在那里回头等我们回去认旧相识呢。"

　　这话并不是戏言，乃是真话。我每每劝人回国时莫存大希望；希望越大，失望越大。所以我自己回国时，并不曾怀什么大希望。果然船到了横滨，便听得张勋复辟的消息。如今在中国已住了四个月了，所见所闻，果然不出我所料。七年没见面的中国还是七年前的老相识！到上海的时候，有一天，一位朋友拉我到大舞台去看戏。我走进去坐了两点钟，出来的时候，对我的朋友说道："这个大舞台真正是中国的一个绝妙的缩本模型。你看这大舞台三个字岂不很新？外面的房屋岂不是洋房？这里面的座位和戏台上的布景装潢岂不是西洋新式？但是做戏的人都不过是赵如泉、沈韵秋、万盏灯、何家声、何金寿这些人。没有一个不是二十年前的旧古董！我十三岁到上海的时候，他们已成了老角色了。如今又隔了十三年了，却还是他们在台上撑场面。这十三年造出来的新角色都到哪里去了呢？你再看那台上做的《举鼎观画》。那祖先堂上的布景，岂不很完备？只是那小薛蛟拿了那老头儿的书信，就此跨马加鞭，却忘记了台上布的景是一座祖先堂！又看那出《四进士》。台上布景，明明有了门了，那宋士杰却还要做手势去关那没有的门！上公堂时，还要跨那没有的门槛！你看这二十年前的旧古董，在二十世纪的大舞台上做戏；装上了二十世纪的新布景，却偏要做那二十年前的旧手脚！这不是一副绝妙的中国现势图吗？"

我在上海住了十二天，在内地住了一个月，在北京住了两个月，在路上走了二十天，看了两件大进步的事：第一件是"三炮台"的纸烟，居然行到我们徽州去了；第二件是"扑克"牌居然比麻雀牌还要时髦了。"三炮台"纸烟还不算稀奇，只有那"扑克"牌何以会这样风行呢？有许多老先生向来学 A、B、C、D，是很不行的，如今打起"扑克"来，也会说"恩德""累死""接客倭彭"了！这些怪不好记的名词，何以会这样容易上口呢？他们学这些名词这样容易，何以学正经的 A、B、C、D，又那样蠢呢？我想这里面很有可以研究的道理。新理想行不到徽州，恐怕是因为新思想没有"三炮台"那样中吃吧？A、B、C、D，容易教，恐怕是因为教的人不得其法吧？

我第一次走过四马路，就看见了三部教"扑克"的书。我心想"扑克"的书已有这许多了，那别种有用的书，自然更不少了，所以我就花了一天的工夫，专去调查上海的出版界。我是学哲学的，自然先寻哲学的书。不料这几年来，中国竟可以算得没有出过一部哲学书。找来找去，找到一部《中国哲学史》，内中王阳明占了四大页，《洪范》倒占了八页！还说了些"孔子既受天之命""与天地合德"的话。又看见一部《韩非子精华》，删去了《五蠹》和《显学》两篇，竟成了一部"韩非子糟粕"了。文学书内，只有一部王国维的《宋元戏曲史》是很好的。又看见一家书目上有翻译的莎士比亚剧本，找来一看，原来把会话体的戏剧，都改作了《聊斋志异》体的叙事古文！又看见一部《妇女文学史》，内中苏蕙的回文诗足足占了六十页！又看见《饮冰室丛著》内有《墨学微》一书，我是喜欢看看墨家的书的人，自然心中很高兴。不料抽出来一看，原来是任公先生十四年前的旧作，不曾改了一个字！此外只有一部《中国外交史》，可算是一部好书，如今居然到了三版了。这件事还可以使人乐观。此外那些新出版的小说，看来看去，实在找不出一部可看的小说。有人对我说，如今最风行的是一部《新华春梦记》，这也可想见中国小说界的程度了。

总而言之，上海的出版界——中国的出版界——这七年来简直没有两三部以上可看的书！不但高等学问的书一部都没有，就是要找一部轮船上火车上消遣的书，也找不出（后来我寻来寻去，只寻得一部吴稚晖先生的《上下古今谈》，带到芜湖路上去看）！我看了这个怪现状，真可以放声大哭。如今的中国人，肚子饿了，还有些施粥的厂把粥给他们吃。只是那些脑子叫饿的人可真没有东西吃了。难道可以把《九尾龟》《十尾龟》来充饥吗？

中文书籍既是如此，我又去调查现在市上最通行的英文书籍。看来看去，都是些什么莎士比亚的《威尼斯商人》《麦克白传》，阿狄生的《文报选录》，戈司密的《威克斐牧师》，欧文的《见闻杂记》……大概都是些十七世纪十八世纪的书。内中有几部十九世纪的书，也不过是欧文、狄更斯、司各特、麦考来几个人的书，都是和现在欧美的新思潮毫无关系的。怪不得我后来问起一位有名的英文教习，竟连 Bernard Shaw（萧伯纳）的名字也不曾听见过，不要说 Tchekoff 和 Andreyev 了。我想这都是现在一班教会学堂出身的英文教习的罪过。这些英文教习，只会用他们先生教过的课本。他们的先生又只会用他们先生的先生教过的课本。所以现在中国学堂所用的英文书籍，大概都是教会先生的太老师或太太老师们教过的课本！怪不得和现在的思想潮流绝无关系了。

有人说，思想是一件事，文字又是一件事，学英文的人何必要读与现代新思潮有关系的书呢？这话似乎有理，其实不然。我们中国人学英文，和英国、美国的小孩子学英文，是两样的。我们学西洋文字，不单是要认得几个洋字，会说几句洋话，我们的目的在于输入西洋的学术思想。所以我以为中国学校教授西洋文字，应该用一种"一箭射双雕"的方法，把"思想"和"文字"同时并教。例如教散文，与其用欧文的《见闻杂记》，或阿狄生的《文报选录》，不如用赫胥黎的《进化杂论》。又如教戏曲，与其教莎士比亚的《威尼斯商人》，不如用 Bernard Shaw 的 *Androcles and The Lion*（《安德鲁克斯和狮子》）或是 Galsworthy（高尔斯华绥）的 *Strife*（《斗争》）或 *Justice*（《法网》）。又如教长篇的文字，与其教麦考来的《约翰生行述》，不如教密尔的《群己权界论》……我写到这里，忽然想起日本东京丸善书店的英文书目。那书目上，凡是英美两国一年前出版的新书，大概都有。我把这书目和商务印书馆与伊文思书馆的书目一比较，我几乎要羞死了。

我回中国所见的怪现状，最普通的是"时间不值钱"。中国人吃了饭没有事做，不是打麻雀，便是打"扑克"。有的人走上茶馆，泡了一碗茶，便是一天了。有的人拿一只鸟儿到处逛逛，也是一天了。更可笑的是朋友去看朋友，一坐下便生了根了，再也不肯走。有事商议，或是有话谈论，倒也罢了。其实并没有可议的事，可说的话。我有一天在一位朋友处有事，忽然来了两位客，是××馆的人员。我的朋友走出去会客，我因为事没有完，便在他房里等他。我以为这两位客一定是来商议这××馆中什么要事的。不料我听得他们开口道："××先生，今回是打津浦火车来的，还是坐轮船来的？"我的朋友说是坐轮船来的。这两位客接着便说轮船怎样不便，怎样迟缓。又从轮船上谈到铁路上，从铁路上又谈到现在中、交两银行的钞洋跌价。因此又谈到梁任公的财政本领，又谈到梁士诒的行踪去迹……谈了一点多钟，没有谈上一句要紧的话。后来我等的没法了，只好叫听差去请我的朋友。那两位客还不知趣，不肯就走。我不得已，只好跑了，让我的朋友去领教他们的"二梁优劣论"吧！

美国有一位大贤名富兰克林（Benjamin Franklin）的，曾说道："时间乃是造成生命的东西。"时间不值钱，生命自然也不值钱了。上海那些拣茶叶的女工，一天拣到黑，至多不过得两百铜钱，少的不过得五六十钱！茶叶店的伙计，一天做十六七点钟的工，一个月平均只拿得两三块钱！还有那些工厂的工人，更不用说了。还有那些更下等，更苦痛的工作，更不用说了。人力那样不值钱，所以卫生也不讲究，医药也不讲究。我在北京、上海看那些小店铺里和穷人家里的种种不卫生，真是一个黑暗世界。至于道路的不洁净，瘟疫的流行，更不消说了。最可怪的是无论阿猫、阿狗都可挂牌医病，医死了人，也没有人怨恨，也没有人干涉。人命的不值钱，真可算得到了极端了。

现今的人都说教育可以救种种的弊病。但是依我看来，中国的教育，不但不能救亡，简直可以亡国。我有十几年没到内地去了，这回回去，自然去看看那些学堂。学堂的课程表，看来何尝不完备？体操也有，图画也有，英文也有，那些国文，修身之类，更不用说了。但是学堂的弊病，却正在这课程完备上。例如我们家乡的小学堂，经费自然不充足了，却也要每年花六十块钱去请一个中学堂学生兼教英文唱歌。又花二十块钱买一架风琴。我心想，这六十块一年的英文教习，能教什么英文？教的英文，在我们山里的小地方，又有什么用处？至于那音乐一科，更无道理了。请问那种学堂的音乐，还是可以增进"美感"呢，还是可以增进音乐知识呢？若果然要教音乐，为什么不去村乡里找一个会吹笛子的唱昆腔的人来教？为什么一定要用那实在不中听的二十块钱的风琴呢？那些穷人的子弟学了音乐回家，能买得起一架风琴来练习他们所学的音乐知识吗？我真是莫名其妙了。所以我在内地常说："列位办学堂，尽不必问教育部规程是什么，须先问这块地方上最需要的是什么。譬如我们这里最需要的是农家常识、蚕桑常识、商业常识、卫生常识，列位却把修身教科书去教他们做圣贤！又把二十块钱的风琴去教他们学音乐！又请一位六十块钱一年的教习教他们的英文！列位且自己想想看，这样的教育，造得出怎么样的人才？所以我奉劝列位办学堂，切莫注重课程的完备，须要注意课程的实用。尽不必去巴结视学员，且去巴结那些小百姓。视学员说这个学堂好，是没有用的。须要小百姓都肯把他们的子弟送来上学，那才是教育有成效了。"

以上说的是小学堂。至于那些中学堂的成绩，更可怕了。我遇见一位省立法政学堂的本科学生，谈了一会，他忽然问道："听说东文是和英文差不多的，这话可真吗？"我已经大诧异了。后来他听我说日本人总有些岛国的习气，忽然问道："原来日本也在海岛上吗？"这个固然是一个极端的例。但是如今中学堂毕业的人才，高又高不得，低又低不得，竟成了一种无能的游民。这都由于学校里所教的功课，和社会上的需要毫无关涉。

所以学校只管多，教育只管兴，社会上的工人、伙计、账房、警察、兵士、农夫……还只是用没有受过教育的人。社会所需要的是做事的人才，学堂所造成的是不会做事又不肯做事的人才，这种教育不是亡国的教育吗？

我说我的《归国杂感》，提起笔来，便写了三四千字。说的都是些很可以悲观的话。但是我却并不是悲观的人。我以为这二十年来中国并不是完全没有进步，不过惰性太大，向前三步又退回两步，所以到如今还是这个样子。我这回回家寻出了一部叶德辉的《翼教丛编》，读了一遍，才知道这二十年的中国实在已经有了许多大进步。不到二十年前，那些老先生们，如叶德辉、王益吾之流，出了死力去驳康有为，所以这书叫作《翼教丛编》。我们今日也痛骂康有为。但二十年前的中国，骂康有为太新；二十年后的中国，却骂康有为太旧。如今康有为没有皇帝可保了，很可以做一部《翼教续编》来骂陈独秀了。这两部"翼教"的书的不同之处，便是中国二十年来的进步了。

差不多先生传

你知道中国最有名的人是谁？

提起此人，人人皆晓，处处闻名。他姓差，名不多，是各省各县各村人氏。你一定见过他，一定听过别人谈起他。差不多先生的名字天天挂在大家的口头，因为他是中国全国人的代表。

差不多先生的相貌和你和我都差不多。他有一双眼睛，但看得不很清楚；有两只耳朵，但听得不很分明；有鼻子和嘴，但他对于气味和口味都不很讲究。他的脑子也不小，但他的记性却不很精明，他的思想也不很细密。

他常常说："凡事只要差不多，就好了。何必太精明呢？"

他小的时候，他妈叫他去买红糖，他买了白糖回来。他妈骂他，他摇摇头说："红糖白糖不是差不多吗？"

他在学堂的时候，先生问他："直隶省的西边是哪一省？"他说是陕西。先生说："错了。是山西，不是陕西。"他说："陕西同山西，不是差不多吗？"

后来他在一个钱铺里做伙计；他也会写，也会算，只是总不会精细。十字常常写成千字，千字常常写成十字。掌柜的生气了，常常骂他。他只是笑嘻嘻地赔小心道："千字比十字只多一小撇，不是差不多吗？"

有一天，他为了一件要紧的事，要搭火车到上海去。他从从容容地走到火车站，迟了两分钟，火车已开走了。他白瞪着眼，望着远远的火车上的煤烟，摇摇头道："只好明天再走了，今天走同明天走，也还差不多。可是火车公司未免太认真了。八点三十分开，同八点三十二分开，不是差不多吗？"他一面说，一面慢慢地走回家，心里总不明白为什么火车不肯等他两分钟。

有一天，他忽然得了急病，赶快叫家人去请东街的汪医生。那家人急急忙忙地跑去，一时寻不着东街的汪大夫，却把西街牛医王大夫请来了。差不多先生病在床上，知道寻错了人；但病急了，身上痛苦，心里焦急，等不得了，心里想道："好在王大夫同汪大夫也差不多，让他试试看吧。"于是这位牛医王大夫走近床前，用医牛的法子给差不多先生治病。不上一点钟，差不多先生就一命呜呼了。

差不多先生差不多要死的时候，一口气断断续续地说道："活人同死人也差……差……差不多，凡事只要……差……差……不多……就……好了，何……何……必……太……太认真呢？"他说完了这句格言，方才绝气了。

他死后，大家都很称赞差不多先生样样事情看得破，想得通；大家都说他一生不肯认真，不肯算账，不肯计较，真是一位有德行的人。于是大家给他取个死后的法号，叫他做圆通大师。

他的名誉越传越远，越久越大。无数无数的人都学他的榜样。于是人人都成了一个差不多先生——然而中国从此就成为一个懒人国了。

拜 金 主 义

吴稚晖先生在今年五月底曾对我说："适之先生，你千万再不要提倡那害人误国的国故整理了。现在最要紧的是提倡一种纯粹的拜金主义。"

我因为个人兴趣的关系，大概还不能完全抛弃国故的整理。但对于他说的拜金主义的提倡，我却表示二十四分的赞成。

拜金主义并没有什么深奥的教旨，吴稚晖先生在他的《一个新信仰的宇宙观与人生观》里，曾发挥过这种教义。简单说来，拜金主义只有三个信条：

第一，要自己能挣饭吃。

第二，不可抢别人的饭吃。

第三，要能想出法子来，开出生路来，叫别人有挣饭吃的机会。

《朱砂痣》里有一句说白："原来银子是一件好宝贝。"这就是拜金主义的浅说。银子为什么是一件好宝贝呢？因为没有银子便是贫穷，贫穷便是一切罪恶的来源。《朱砂痣》里那个男子因为贫穷，便肯卖妻子，卖妻子便是一桩罪恶。你仔细想想，哪一件罪恶不是由于贫穷的？小偷，大盗，扒儿手，绑票，卖娼，贫贼，卖国，哪一件不是由于贫穷？

所以古人说：

衣食足而后知荣辱，仓廪实而后知礼节。

这便是拜金主义的人生观。

一班瞎了眼睛，迷了心头孔的人，不知道人情是什么，偏要大骂西洋人，尤其是美国人，骂他们"崇拜大拉"（Worship the dollar)！你要知道，美国人因为崇拜大拉，所以已经做到了真正"夜不闭户，路不拾遗"的理想境界了。（几个大城市里自然还有罪恶，但乡间真能夜不闭户，路不拾遗是西洋的普遍现状。）

我们不配骂人崇拜大拉；请回头看看我们自己崇拜的是什么！

一个老太婆，背着一只竹箩，拿着一根铁杆，天天到巷堂里扒垃圾堆，去寻找那垃圾堆里一个半个没有烧完的煤球，一寸两寸稀烂奇脏的破布——这些人崇拜的是什么！

要知道，这种人连半个没有烧完的煤球也不肯放过，还能有什么"道德""牺牲""廉洁""路不拾遗"？

所以现今的要务是要充分提倡拜金主义，提倡人人要能挣饭吃。

上海青年会里的朋友们现在办了一种职业学校，要造成一些能自己挣饭吃的人才，这真是大做好事，功德无量。我想社会上一定有些假充道学的人，嫌这个学校的拜金气味太重，所以写这篇短文，预先替他们做点辩护。

中学生的修养与择业

今天我应该讲些什么？事先曾请教吴县长，师范刘校长和同来的几位朋友，他们以今天到场的大多数是青年朋友们，也有青年朋友的父兄，因此要我讲讲中等教育的东西。同时，我到过的地方，许多朋友常常问我中学生应注重什么？中学毕业后，升学的应该怎样选科？到社会里去的应该怎样择业？我是不懂教育的，不过年纪大些，并且自己也是经过中学大学出来的，同时看到朋友们与我们自己的子弟经过中学，得到一点认识，愿意将自己的认识提出来供大家的参考，今天讲的题目，就是："中学生的修养与中学生的择业。"

中学生的修养应注意两点：

（一）工具的求得

中学生大概是从十二岁的幼年到十八岁的青年，这个时期是决定他将来最重要的一个时期。求知识与做人、做事的工具，要在这个时期求得。古人说"工欲善其事，必先利其器"，中学生要将来有成就，便应该注意到"求工具"——学业上、事业上，求知识上所需要的工具。求工具的目标有二：一是中学毕业后无力升学要到社会里去就业；一是继续升学。

第一种工具是语言文字。不论就业或升学，以我个人的经验和观察所得，语言文字是最需要的工具。在中学里不仅应该学好本国的语言文字，最好能多学一二种外国的语言文字。它是就业升学的钥匙，能为我们打开知识的门。多学得一种语言，等于辟开一个新的花园、新的世界。语言文字，可以说是中学时期应该求得的工具当中非常重要的了。在中学时期如果没有打好语言文字的基础，以后做学问非常的困难。而且过了这个时期，很少能够把语言文字弄好的。

第二种工具是科学的基本知识。许多人都说学了数学，将来没有什么用处，这是错误的。数学是自然科学重要的钥匙，如果不能把这个重要的钥匙——数学，与物理学、化学、生物学、矿物学、植物学等，在中学时期学好，则不能求得新的知识。所以中学时期最重要的，是把这些基本知识弄好。

青年们在学校里对于各种基本科学，不能当它是功课，是学校课程里面需要的功课，应该把它当成求知识、做学问、做人的工具，必不可少的工具。拿工具这个观念来看课程，课程便活了。拿工具这个观念来批评课程，可以得到一个标准。首先看看哪些功课够得上作工具，并分出哪些功课是求知识做学问的工具，哪些功课是做人的工具。哪些功课是重要，哪些功课是次要。同时拿工具这个观念来督促自己，来分别轻重缓急，先生的教法，可以拿工具这个观念来衡量，哪种教法是死的笨的，请先生改良，哪些应该特别注重，请先生注意。我这个话，不是叫学生对先生造反，而是请先生以工具来教，不要死板地照课本讲，这样推动先生，可以使得先生从没有精神提起精神，不是造反而是教学相长，不把功课当作功课看，把它当作必须的工具看。拿工具的观念看功课，功课便是活的，这一点也可以说是中学生治学的方法。

（二）良好的习惯的养成

良好习惯的养成，即普通所谓的人品教育，品性人格的陶冶。教育学家心理学家都告诉我们说：人品性格是习惯的养成，好的品格是好的习惯养成。中学生是定型的阶段，中学生时期与其注重治学方法，毋宁提倡良好的习惯的养成。一个人的坏习惯在中学还可纠正，假使在中学里不能养成良好的习惯，这个人的前途便算完了，在大学里不会是个好学生，在社会里不会是个有用的人才。我原在这里提醒青年学生们的注意，也请学生的父兄教师们注意。

我们的国家以前专注重文字教育，读书人的指甲蓄得很长，手脸都是白白的，行动是文绉绉的，读书可以从"学而时习之"背诵起，写文章摇摇摆摆地会写出许多好听的词句来，可是他们是无用的，不能动手，也不能动脚，连桌凳有一点坏了，也不能拿起斧头钉子来修理。这种只能背书写文章的读书人就是没有养成良好的习惯——动手动脚的习惯。

我在台湾大学讲"治学方法"时，讲到一个故事：宋时有一新进士请教老前辈做官的秘诀，老前辈告诉他四个字："勤谨和缓"。这四个字，大家称为做官秘诀，我把它看作做人、做事、做学问的秘诀。简单地分别说：

勤，就是不偷懒，不走捷径，要切切实实，辛辛苦苦地去做。要用眼睛的用眼睛，用手的用手，用脚的用脚，先生叫你找材料，你就到应该到的地方去找。叫你找标本，你就到田野，到树林里去找，无论在实验室里，自然界里，都不要偷懒，一点一滴地去做。

谨，就是谨慎，不粗心，不苟且。以江浙的俗话来说，不拆烂污。写汉字，一点、一横也不放过。写外国字，"i"的点，"t"的横，也一样地不放过。做数学，一个圈，一个小数点都不可苟且。不要以为这是小事情，做小事关系天下的大事，做学问关系成败，所以细心谨慎，是必须养成的习惯。

和，就是不要发脾气，不要武断，要虚心，要和和平平。什么叫作虚心？脑筋不存成见，不以成见来观察事，不以成见来对待人。就做学问来说，要以心平气和的态度来做化学、数学、历史、地理，并以心平气和的态度来学语文。无论对事、对人、对物、对问题、对真理，完全是虚心的，这叫作和。

缓，这个字很重要，缓的意思不要忙，不轻易下一个结论。如果没有缓的习惯，前面三个字就不容易做到。譬如找证据，这是很难的工作，如果要几点钟缴卷，就不能做到勤的工夫。忙于完成，证据不够，不管它了，这样就不能做到谨的工夫。匆匆忙忙地去做，当然不能做到和的工夫。所以证据不够，应当悬而不断，就是姑且挂在那里，悬而不断，并不是叫你搁下来不管，是要你勤，要你谨，要你和。缓，就是南方人说的"凉凉去吧"，缓的意思，是要等着找到了充分的证据，然后根据事实来下判断。无论做学问、做事、做官、做议员，都是一样的。大家知道治花柳病的名药"六〇六"吧？什么叫"六〇六"呢？经过六百零六次的试验才成功的。"九一四"则试验了九百一十四次。达尔文的生物进化论，认为动植物的生存进化与环境有绝大的关系，也费了三十年的工夫，到四海去搜集标本和研究，并与朋友们往复讨论。朋友们都劝他发表，他仍然不肯。后来英国皇家学会收到另一位科学家华莱士的论文，其结论与达尔文的一样，朋友们才逼着达尔文把研究的结论公布，并提出与朋友们讨论的信件，来证明他早已获得结论，于是皇家学会才决定同华莱士的论文同时发表，达尔文这种持重的态度，不是缺点，是美德，这也是科学史上勤谨和缓的实例。值得我们去想想，作为榜样，尤其青年学生们要在中学里便养成这种习惯。有了这种好习惯，无论是做人做事做学问，将来不怕没有成就。

中学生高中毕业后，面临的问题是继续升学或到社会去找职业。升学应如何选科？到社会去应如何择业？简单地说，有两个标准：

（一）社会的标准

社会上所需要的，最易发财的，最时髦的是什么？这便是社会的标准。台湾大学钱校长告诉我说，今年台大招生，投考学生中外文成绩好的都投考工学院，尤其是考电机工程、机械工程的特多，考文史的则很少，因为目前社会需要工程师，学成后容易得到职业而且待遇好。这种情形，在外国也是一样的，外国最吃香的学科是原子能、物理学和航空工程，干这一行的，最受欢迎，最受优待。

（二）个人的标准

所谓个人的标准，就是个人的兴趣、性情、天才近哪门学科，适于哪一行业。简单地说，能干什么。社会上需要工程师，学工程的固不忧失业，但个人的性情志趣是否与工程相合？父母兄长爱人都希望你学工程，而你的性情志趣，甚至天才，却近于诗词、小说、戏剧、文学，你如迁就父母兄长爱人之所好而去学工程，结果工程界里多了一个饭桶，国家社会失去了一个第一流的诗人、小说家、文学家、戏剧学家，不是可惜了吗？所以个人的标准比社会的标准重要。因为社会标准所需要的太多，中国人常说社会职业有三百六十行，这是以前的说法，现在何止三百六十行，也许三千六百行，三万六千行都有，三千六百行，三万六千行，行行都需要。社会上需要建筑工程师，需要水利工程师，需要电力工程师，也需要大诗人、大美术家、大法学家、大政治家，同时也需要做新式马桶的工人。能做新式马桶的，照样可以发财。社会上三万六千行，既是行行都需要，一个人绝不可能会做每行的事，顶多会两三行，普通都只能会一行的。在这种情形之下，试问是社会的标准重要？还是个人的标准重要？当然是个人的重要！因此选科择业不要太注重社会上的需要，更不要迁就父母兄长爱人的所好。爸爸要你学赚钱的职业，妈妈要你学时髦的职业，爱人要你学社会上有地位的职业，你都不要管他，只问你自己的性情近乎什么？自己的天才力量能做什么？配做什么？要根据这些来决定。

历史上在这一方面，有很好的例子，意大利的伽利略是科学的老祖宗，是新的天文学家，新的物理学家的老祖宗。他的父亲是一个数学家，当时学数学的人很倒霉。在伽利略进大学的时候（三百多年前），他父亲因不喜欢数学，所以要他学医，可是他读医科，毫无兴趣，朋友们以他的绘画还不坏，认为他有美术天才，劝他改学美术，他自己也颇以为然。有一天他偶然走过雷积教授替公爵府里面做事的人补习几何学的课室，便去偷听，竟大感兴趣，于是医学不学了，画也不学了；改学他父亲不喜欢的数学。后来替全世界创立了新的天文学、新的物理学，这两门学问都建筑于数学之上。

最后说我个人到外国读书的经过，民国前两年，考取官费留美，家兄特从东三省赶到上海为我送行，以家道中落，要我学铁路工程，或矿冶工程，他认为学了这些回来，可以复兴家业，并替国家振兴实业。不要我学文学、哲学，也不要学做官的政治法律，说这是没有用的。当时我同许多人谈过这个问题。以路矿都不感兴趣，为免辜负兄长的期望，决定选读农科，想做科学的农业家，以农报国。同时美国大学农科，是不收费的，可以节省官费的一部分，寄回补助家用。进农学院以后第三个星期，接到实验系主任的通知，要我到该系报到实习。报到以后，他问我："你有什么农场经验？"我说："我不是种田的。"他又问我："你做什么呢？"我说："我没有做什么，我要虚心来学，请先生教我。"先生答应说："好。"接着问我洗过马没有，要我洗马。我说："我们中国种田，是用牛不是用马。"先生说："不行。"于是学洗马，先生洗一半，我洗一半。随即学驾车，也是先生套一半，我套一半。作这些实习，还觉得有兴趣。下一个星期的实习，为苞谷选种，一共有百多种，实习结果，两手起了泡，我仍能忍耐，继续下去，一个学期结束了，各种功课的成绩，都在八十五分以上。到了第二年，成绩仍旧维持到这个水准。依照学院的规定，各科成绩在八十五分以上的，可以多选两个学分的课程，于是增选了种果学。起初是剪树、接种、浇水、捉虫，这些工作，也还觉得有兴趣。在上种果学的第二学期，有两小时的实习苹果分类，一张长桌，每个位子分置了四十个不同种类的苹果，一把小刀，一本苹果分类册，学生们须根据每个苹果的长短、开花孔的深浅、颜色、形状、果味和脆软等标准，查对苹果分类册，分别其类别（那时美国苹果有四百多类，现恐有六百多种了），普通名称和学名。美国同学都是农家子弟，对于苹果的普通名称一看便知，只需在苹果分类册里查对学名，便可填表缴卷，费时甚短。我和一位郭姓同学则须一个一个地经过所有检别的手续，花了两小时半，只分类了二十个苹果，而且大部分是错的。晚上我对这种实习起了一种念头：我花了两小时半的时间，究竟是在干什么？中国连苹果种子都没有，我学它什么用处？自己的性情不相近，干吗学这个？这两个半钟头的苹果实习使我改行，于是，决定离开农科。放弃一年半的时间（这时我已上了一年半的课）牺牲了两年的学费，不但节省官费补助家用已不可能，维持学业很困难，以后我改学文科，学哲学、政治、经济、文学，在没有回国时，以前与朋友们讨论文学问题，引起了中国的文学革命运动，提倡白话，拿白话作文，作教育工具，这与农场经验没有关系，苹果学没有关系，是我那时的兴趣所在。我的玩意儿对国家贡献最大的便是文学的"玩意儿"，我所没有学过的东西。最近研究《水经注》(地理学的东西)。我已经六十二岁了，还不知道我究竟学什么？都是东摸摸，西摸摸，也许我以后还要学学水利工程亦未可知，虽则我现在头发都白了，还是无所专长，一无所成。可是我一生很快乐，因为我没有依社会需要的标准去学时髦。我服从了自己的个性，根据个人的兴趣所在去做，到现在虽然一无所成，但是我生活得很快乐，希望青年朋友们，接受我经验得来的这个教训，不要问爸爸要你学什么，妈妈要你学什么，爱人要你学什么。要问自己性情所近，能力所能做的去学。这个标准很重要，社会需要的标准是次要的。

"少年中国"的精神

上回太炎先生话里面说现在青年的四种弱点，都是很可使我们反省的。他的意思是要我们少年人：一，不要把事情看得太容易了；二，不要妄想凭借已成的势力；三，不要虚慕文明；四，不要好高骛远。这四条都是消极的忠告。我现在且从积极一方面提出几个观念，和各位同志商酌商酌。

（一）少年中国的逻辑

逻辑即是思想、辩论、办事的方法：一般中国人现在最缺乏的就是一种正当的方法。因为方法缺乏，所以有下列的几种现象：一，灵异鬼怪的迷信，如上海的盛德坛及各地的各种迷信；二，谩骂无理的议论；三，用诗云子曰作根据的议论；四，把西洋古人当作无上真理的议论；还有一种平常人不很注意的怪状，我且称他为"目的热"，就是迷信一些空虚的大话，认为高尚的目的。全不问这种观念的意义究竟如何。今天有人说"我主张统一和平"，大家齐声喝彩，就请他做内阁总理；明天又有人说"我主张和平统一"，大家又齐声叫好，就举他做大总统；此外还有什么"爱国"哪，"护法"哪，"孔教"哪，"卫道"哪……许多空虚的名词；意义不曾确定，也都有许多人随声附和，认为天经地义，这便是我所说的"目的热"；以上所说各种现象都是缺乏方法的表示。我们既然自认为"少年中国"，不可不有一种新方法；这种新方法，应该是科学的方法。科学方法，不是我在这短促时间里所能详细讨论的，我且略说科学方法的要点：

　　第一，注重事实。科学方法是用事实作起点的，不要问孔子怎么说，柏拉图怎么说，康德怎么说；我们需要先从研究事实下手，凡游历调查统计等事都属于此项。

　　第二，注重假设。单研究事实，算不得科学方法；王阳明对着庭前的竹子做了七天的“格物”工夫，格不出什么道理来，反病倒了，这是笨伯的“格物”方法。科学家最重“假设”（Hypothesis）。观察事物之后，自然有几个假定的意思。我们应该把每一个假设所含的意义彻底想出，看那些意义是否可以解释所观察的事实、是否可以解决所遇的疑难。所以要博学，正是因为博学方才可以有许多假设，学问只是供给我们种种假设的来源。

　　第三，注重证实。许多假设之中，我们挑出一个，认为最合用的假设；但是这个假设是否真正合用？必须实地证明。有时候，证实是很容易的；有时候，必须用“试验”方才可以证实。证实了的假设，方可说是“真”的，方才可用。一切古人今人的主张、东哲西哲的学说，若不曾经过这一层证实的工夫，只可作为待证的假设，不配认作真理。

　　少年的中国，中国的少年，不可不时时刻刻保存这种科学的方法，实验的态度。

（二）少年中国的人生观

　　现在中国有几种人生观是“少年中国”的仇敌：第一种是醉生梦死的无意识生活，固然不消说了；第二种是退缩的人生观，如静坐会的人，如坐禅学佛的人，都只是消极的缩头主义，这些人没有生活的胆子，不敢冒险，只求平安，所以变成一班退缩懦夫；第三种是野心的投机主义，这种人虽不退缩，但为完全自己的私利起见，所以他们不惜利用他人，做他们自己的器具，不惜牺牲别人的人格和自己的人格，来满足自己的野心，到了紧要关头，不惜作伪，不惜作恶，不顾社会的公共幸福，以求达他们自己的目的。这三种人生观都是我们该反对的。少年中国的人生观，依我个人看来，该有下列的几种要素：

第一需有批评的精神。一切习惯、风俗、制度的改良，都起于一点批评的眼光。个人的行为和社会的习俗，都最容易陷入机械的习惯，到了"机械的习惯"的时代，样样事都不知不觉地做去，全不理会何以要这样做，只晓得人家都这样做故我也这样做。这样的个人便成了无意识的两脚机器，这样的社会便成了无生气的守旧社会。我们如果发愿要造成少年的中国，第一步便需有一种批评的精神；批评的精神不是别的，就是随时随地都要问我为什么要这样做？为什么不那样做？

第二需有冒险进取的精神。我们需要认定这个世界是有很多危险的，是不太平的，是需要冒险的。世界的缺点很多，是要我们来补救的；世界的痛苦很多，是要我们来减少的；世界的危险很多，是要我们来冒险进取的。俗语说得好："成人不自在，自在不成人。"我们要做一个人，岂可贪图自在；我们要想造一个"少年的中国"，岂可不冒险；这个世界是给我们活动的大舞台，我们既上了台，便应该老着面皮，拼着头皮，大着胆子，干将起来；那些缩进后台去静坐的人都是懦夫，那些袖着双手只会看戏的人，也都是懦夫。这个世界岂是给我们静坐旁观的吗？那些厌恶这个世界，梦想超生别的世界的人，更是懦夫，不用说了。

第三需要有社会协进的观念。上条所说的冒险进取，并不是野心的，自私自利的。我们既认定这个世界是给我们活动的，又需认定人类的生活全是社会的生活，社会是有机的组织，全体影响个人，个人影响全体。社会的活动全是互助的，你靠他帮忙，他靠你帮忙，我又靠你同他帮忙，你同他又靠我帮忙；你少说了一句话，我或者不是我现在的样子，我多尽了一分力，你或者也不是你现在的这个样子，我和你多尽了一分力，或少做了一点事，社会的全体也许不是现在这个样子，这便是社会协进的观念。有这个观念，我们自然把人人都看作通力合作的伴侣，自然会尊重人人的人格了。有这个观念，我们自然觉得我们的一举一动都和社会有关，自然不肯为社会造恶因，自然要努力为社会种善果，自然不致变成自私自利的野心投机家了。

少年的中国，中国的少年，不可不时时刻刻保存这种批评的、冒险进取的、社会的人生观。

（三）少年中国的精神

少年中国的精神并不是别的，就是上文所说的逻辑和人生观。我且说一件故事做我这番谈话的结论：诸君读过英国史的，一定知道英国前世纪有一种宗教革新的运动，历史上称为"牛津运动"（The Oxford Movement），这种运动的几个领袖如凯布勒（Keble）、纽曼（Newman）、福鲁德（Froude）诸人，痛恨英国国教的腐败，想大大地改革一番。这个运动未起事之先，这几位领袖做了一些宗教性的诗歌写在一个册子上，纽曼摘了一句荷马的诗题在册子上，那句诗是，"You shall see the difference now that we are back again！"翻译出来即是"如今我们回来了，你们看便不同了！"

少年的中国，中国的少年，我们也该时时刻刻记着这句话：

如今我们回来了，你们看便不同了！

这便是少年中国的精神。

科学的人生观

今天讲的题目，就是"科学的人生观"，研究：人是什么东西？在宇宙中占据什么地位？人生究竟有何意味？因为少年人近来觉得很烦闷，自杀、颓废的都有，我比较至少多吃了几斤盐，几担米，所以来计划计划，研究自身人的问题。至于人生观，各人不同，都随环境而改变，不可以一个人人生观去统理一切；因为公有公理，婆有婆理；我们至少要以科学的立场，去研究它，解决它。"科学的人生观"有两个意思：第一拿科学做人生观的基础；第二拿科学的态度、精神、方法，做我们生活的态度，生活的方法。

现在先讲第一点，就是：人生是什么？人生是啥物事？拿科学的研究结果来讲，我在民国十二年发表的十条，这十条就是武昌有一个主教，称为新的十诫，说我是中华基督教的危险物的。十条内容如下：

（一）要知道空间的大

拿天文、物理考察，得着宇宙之大；从前孙行者翻筋斗，一翻翻到南天门，一翻翻到下界，天的观念，何等的小？现在从地球到银河中间的最近的一个星，中间距离，照孙行者一秒钟翻十万八千里的速率计算，恐怕翻一万万年也翻不到，宇宙是何等的大？地球是宇宙间的沧海之一粟，九牛之一毛；我们人类，更是小，真是不成东西的东西！以前看得人的地位太重了，以为是万物之灵，同大地并行，凡是政治不良，就有彗星、地震的征象，这是错的。从前王充很能见得到，说："一个虱子不能改变那裤子里的空气，和那人类不能改变皇天一样。"所以我们眼光要大。

（二）时间是无穷的长

从地质学、生物学的研究，晓得时间是无穷的长，以前开口五千年，闭口五千年，以为目空一切；不料世界太阳系的存在，有几万万年的历史，地球也有几万万年，生物至少有几千万年，人类也有二三百万年，所以五千年占很小的地位。明白了时间之长，就可以看见各种进步的演变，不是上帝一刻可以造成的。

（三）宇宙间自然的行动

根据了一切科学，知道宇宙、万物都有一定不变的自然行动。"自是自己，然是如此"，就是自己自然如此，各物自己如此的行动，并没有一种背后的指示，或是一个主宰去规范他们。明白了这点，对于月食是月亮被天狗所吞的种种迷信，可以打破了。

（四）物竞天择的原理

从生物学的知识，可以看到物竞天择的原理。鲫鱼下卵有几百万个，但是变鱼的只有几个；否则就要变成"鱼世界"了！大的吃小的，小的又吃更小的，人类都是如此。从此晓得人生不受安排，是自己如此的行动；否则要安排起来，为什么不安排一个完善的世界呢？

（五）人是什么东西

从社会学、生理学、心理学方面去看，人是什么东西？吴稚晖先生说："人是两手一个大脑的动物，与其他的不同，只在程度上的区别罢了。"人类的手，与鸡、鸭的掌差不多，实是他们的弟兄辈。

（六）人类是演进的

根据了人种学来看，人类是演进的；因为要应付环境，所以要慢慢地变；不变不能生存，要灭亡了。所以从下等的动物，慢慢演进到高等的动物，现在还是演进。

（七）心理受因果律的支配

根据了心理学、生物学来讲，心理现状是有因果律的。思想、做梦，都受因果律的支配，是心理、生理的现象，和头痛一般，所以人的心理说是超过一切，是不对的。

（八）道德、礼教的变迁

照生理学、社会学来讲，人类道德、礼教也变迁的。以前以为脚小是美观，但是现在脚小的要装大了。所以道德、礼教的观念，正在改进。以二十年、二百年或二千年以前的标准，来判断二十年、二百年、二千年后的状况，是格格不相入的。

（九）各物都有反应

照物理、化学来讲，物质是活的，原子分为电子，是动的，石头倘然加了化学品，就有反应，像人打了一记，就有反动一样。不同的，只在程度不同罢了。

（十）人的不朽

根据一切科学知识，人是要死的，物质上的腐败，和猫死狗死一般。但是个人不朽的工作，是功德：在立德，立功，立言。善恶都是不朽。一块痰中，有微生物，这菌能散布到空间，使空气都恶化了；人的言语，也是一样。凡是功业、思想，都能传之无穷；匹夫匹妇，都有其不朽的存在。

我们要看破世间，时间之伟大，历史的无穷，人是最小的动物，处处都在演进，要去掉那小我的主张，但是那小小的人类，居然现在对于制度、政治各种都有进步。

以前都是拿科学去答复一切，现在要用什么方法去解决人生，就是哪样生活？各人有各人的方法，但是，至少要有那科学的方法、精神、态度去做。分四点来讲：

（一）怀疑

第一点是怀疑。三个弗相信的态度，人生问题就很多。有了怀疑的态度，就不会上当。以前我们幼时的知识，都从阿金、阿狗、阿毛等黄包车夫、娘姨处学来；但是现在自己要反省，问问以前的知识是否靠得住？

（二）事实

我们要实事求是，现在像贴贴标语，什么打倒田中义一等，都仅徒务虚名，像豆腐店里生意不好，看看"对我生财"泄闷一样。又像是以前的画符，一画符，病就好的思想。贴了打倒帝国主义，帝国主义就真个打倒了么？这不对，我们应做切实的工作，奋力地做去。

（三）证据

怀疑以后，相信总要相信，但是相信的条件，就是拿凭据来，有了这一句，论理学诸书，都可以不读，赫胥黎的儿子死了以后，宗教家去劝他信教，但是他很坚决地说："拿有上帝的证据来！"有了这种态度，就不会上当。

（四）真理

朝夕地去求真理，不一定要成功，因为真理无穷，宇宙无穷；我们去寻求，是尽一点责任，希望在总分上，加上万万分之一。胜固是可喜，败也不足忧。明知赛跑，只有一个人第一，我们还要跑去，不是为我为私，是为大家。发明不是为发财，是为人类。英国有一个医生，发明了一种治肺的药。但是因为自秘，就被医学会开除了。

所以科学家是为求真理。庄子虽有"吾生也有涯，而知也无涯，以有涯逐无涯，殆已"的话头，但是我们还要向上做去，得一分就是一分，一寸就是一寸，可以有阿基米德发现浮力时叫"Eureka"（拉丁语，意为"我发现了，我找到了"）的快活，有了这种精神，做人就不会失望。所以人生的意味，全靠你自己的工作；你要它圆就圆，方就方，是有意味；因为真理无穷，趣味无穷，进步快活也无穷尽。

大宇宙中谈博爱

"博爱"就是爱一切人。这题目范围很大。在未讨论以前，让我们先看一个问题："我们的世界有多大？"

我的答复是"很大"！我从前念《千字文》的时候，一开头便已念到这样的词句："天地玄黄，宇宙洪荒。"宇宙是中国的字，和英文的"Universe"，"World"意思差不多，都是抽象名词。宇是空间（Space）即东南西北；宙是时间（Time）即古今旦暮。《淮南子》说宇是上下四方，宙是古往今来。宇宙就是天地，宙宇就是"Time-Space"。古人能得"Universe"的观念实在不易，相当合于今日的科学。但古人所见的空间很小，时间很短，现在的观念已扩大了许多。考古学探讨千万年的事，地质学、古生物学、天文学等等不断地发现，更将时间空间的观念扩大。

现在的看法：空间是无穷的大，时间是无穷的长。

古人只见到八大行星，二十年前只见九大行星。现在所谓的银河，是古代所未能想象得到的。以前觉得太阳很远，现在说起来算不得什么，因为比太阳远千万倍的东西多得很。

科学就这样地答复了"宇宙究竟有多大？"这个问题。

现在谈第二点：博爱。

在这个大世界里谈博爱，真是个大问题。广义的爱，是世界各大宗教的最终目的。墨子可谓中国历史上最了不起的人，可说是宗教创立者（Founder of Religion），他提出"兼爱"为他的理论中心。兼爱就是博爱，是爱无等差的爱。墨子理论和基督教教义有很多相合的地方，如"爱人如己""爱我们的仇敌"等。

佛教哲学本谓一切无常，我亦无常，"我"是"四大"（土、水、火、风）偶然结合而成的，是十分简单的东西，因此无所谓爱与恨——根本不值得爱，也不值得恨。但早期佛教亦有爱的意念在：我既无常，可牺牲以为人。

和尚爱众生，但是佛教不准自食其力，所以有人称之为"叫花"（乞丐）宗教。自己的饭亦须取之于人，何能博爱？

古时很多人为了"爱"，每次登坑（大便）的时候便想，想，大想一番，想到爱人。有些人则以身喂蚊，或以刀割肉，以自身所受的痛苦来显示他们对人的爱。这种爱的方法，只能做到牺牲自己，在现代的眼光看来，是可笑的。这种博爱给人的帮助十分有限，与现代的科学——工程、医学……所能给我们的"博爱"比起来，力量实在小得可怜。今日的科学增进了人类互助博爱的能力。就说最近意大利邮船"Andrea Doria"号遇难的事吧，短短的数小时内就救起千多人。近代交通、医学等的发达，减少了人类无数的痛苦。

我们要谈博爱，一定要换一观念。古时那种喂蚊割肉的博爱，等于开空头支票，毫无价值。现在的科学才能放大我们的眼光，促进我们的同情心，增加我们助人的能力。我们需要一种以科学为基础的博爱——一种实际的博爱。

孔子说："修己以敬，修己以安人，修己以安百姓。"修己就是把自己弄好。

我们应当先把自己弄好，然后帮助别人；独善其身然后能兼善天下。同学们，现在我们读书的时候，不要空谈高唱博爱；但应先努力学习，充实自己，到我们有充分能力的时候才谈博爱，仍不算迟。

终身做科学实验的爱迪生

今天，二月十一日是爱迪生的一百一十三年纪念日。明天，二月十二日是林肯的一百五十一年纪念日。去年的二月十二日，我参加林肯一百五十年纪念演说。今天我很高兴能参加爱迪生一百一十三年的纪念会。

科学的根本是实验，爱迪生真是终身做实验的工作。他十一岁时就在他家的地窖里做化学实验；十二岁时他在火车上卖报纸卖糖果，它就在火车的行李车上做他的化学实验。十五岁时，他开始学电报，就开始做电学实验，要改进电报的器材和技术，从此他就终身没有离开电学实验，就给电学开辟了新天地，给世界开辟了新文明，给人类开辟了一个簇新的世界。

从十一岁开始做科学实验，直到他八十四岁去世，他整整做了七十三年的实验工作。所以我们称他终身做实验的科学圣人。

他每天只睡四个钟头的觉，至多只睡六个钟头。他每天做十几个钟头的工作，它的一天抵别人的两天。他做了七十年的实验，就等于别人做了一百四十年的实验工作。

中国的懒人，有两首打油诗，一首是懒人恭维自己的：

> 无事只静坐，一日当两日。
> 人活六十年，我活百二十。

还有一首诗嘲笑懒人的：

> 无事昏昏睡，睡起日过午。
>
> 人活七十年，我活三十五。

睡四点钟觉，做二十点科学实验，活了八十四岁，抵别人的一百七十岁——这是科学圣人的生活。

在 New Jersey（新泽西州）的 West Orange（西奥兰治）的爱迪生实验室里——现在是"国家的爱迪生纪念馆"的一部分——保存着两千五百册它的实验纪录，每册有两百五十页，或三百页。最早的一册是他三十一岁（1878 年）的纪录。

单是"白热电灯"的种种实验，就记满了两百册！他用了几千种不同的材料来试验——各种矿物、金属，从硼砂到白金，后来又试验炭化棉丝，居然能燃烧四十多个钟头——后来又试验了几百种可以烧作炭精丝的植物——最后才决定用日本京都府下的八幡地方所产的竹子做成最适用的炭精丝电灯泡。

科学实验是发现自然秘密，证实学理，解决工业技术问题的唯一方法。

在他八十岁时，有人请问他的生活哲学是什么，他说，他的生活哲学只有一个字："工作"（work），"把自然界的秘密揭开来，用他们来增加人类的幸福，这样的工作时是我的生活哲学"。

他的实验并不都是创造的，空前的。但他那处处用严格的实验方法来解决工业问题的精神，他那终身做实验的精神，他那每次解答一个问题总想做到最好最完美的精神，他那用组织能力来创大规模的工业实验室与研究所的模范，可以说是创造的，空前的（现今美国有四千个工业研究实验所，都可以说是仿效爱迪生的实验室的）。

他的绝大多数的实验与发明（他一生得到专利权的发明有一千一百件），都是用前人的失败与成功做出发点的。他说：

> 每回我要发明什么东西，我总要先翻读以前的人在那个问题上做过了什么工作（图书馆里那些书正是为了这个用处的）。我要看看以前花了大工夫，花了大经费，做出了一些什么成绩。我要用从前人做过的几千次试验的资料做我的出发点，然后我来再做几千次试验。

这是他做实验的下手方法。

他在一九二一年一月曾说：

> 我每次想做一件尽善尽美的工作，往往碰到一百尺高的花岗石的高墙。碰来碰去，总过不了这百尺高墙，我就转到别的一件工作去用功。有时候——也许几个月之后，也许几年之后，忽然有一天，有一件什么东西被我发明了，或是别人发明了——或者在这世界的某一角落，有一件新事物出现了——我往往能够认识那件新发明可以帮助我爬过那座高墙，或者爬上去几十尺。
>
> 我从来不许我在任何情形之下感到失望。我记得，我们为了一

个问题做了几千次实验，还没有解决那个问题。我们的一个同事，在我们最得意的一次实验失败后，就灰心了，就说，我们不会找出什么来了。我还是高高兴兴地对他说："我们不是已经找出不少东西了吗？"我们已经确实知道这条路是走不通的了，以后我们必须另走别的路子了。只要我们确已尽了我们最大的思考与工作的努力，我们往往可以从我们的失败里学到不少的东西。

这是爱迪生做科学实验，经过几千次失败而永不灰心失望的精神。

他在十二三岁时，耳朵就聋了。他一生是个聋子，但他从不因此减少他工作的努力。他在七十八岁时（1925 年），曾有一篇文字说他的耳聋于他只有好处，于世界也只有好处。他说：

> 因为我成了聋子，我就把 Sesroit 的公立图书馆做成我的避难所。我从每一个书架的最低一层读起，一本一本地读，一直读到最上层。我不是单挑几本读，我把整个图书馆都读了。后来我买了一部 Swoin 出版的最廉价的百科全书，我也从头到尾全读了。
>
> ……

这是这位科学大圣人的风趣。这样一位圣人是很可爱的。

1960 年 2 月 11 日在爱迪生生日纪念会上的演讲